# 假面的告白

[日] 三岛由纪夫 / 著

张雪婷 / 译

民主与建设出版社
·北京·

© 民主与建设出版社，2021

#### 图书在版编目（CIP）数据

假面的告白 / [日] 三岛由纪夫著；张雪婷译. --北京：民主与建设出版社，2021.3
ISBN 978-7-5139-3382-7

Ⅰ.①假… Ⅱ.①三… ②张… Ⅲ.①长篇小说－日本－现代 Ⅳ.①I313.45

中国版本图书馆CIP数据核字（2021）第029026号

## 假面的告白
### JIAMIAN DE GAOBAI

| 著　　者 | [日] 三岛由纪夫 |
|---|---|
| 译　　者 | 张雪婷 |
| 责任编辑 | 彭　现 |
| 封面设计 | 尚上文化 |
| 出版发行 | 民主与建设出版社有限责任公司 |
| 电　　话 | （010）59417747　59419778 |
| 社　　址 | 北京市海淀区西三环中路10号望海楼E座7层 |
| 邮　　编 | 100142 |
| 印　　刷 | 三河市骏杰印刷有限公司 |
| 版　　次 | 2021年3月第1版 |
| 印　　次 | 2021年6月第1次印刷 |
| 开　　本 | 880毫米×1230毫米　1/32 |
| 印　　张 | 6.25 |
| 字　　数 | 115千字 |
| 书　　号 | ISBN 978-7-5139-3382-7 |
| 定　　价 | 49.80元 |

注：如有印、装质量问题，请与出版社联系。

# 目录___contents

001　　　第一章
027　　　第二章
079　　　第三章
167　　　第四章

# 第一章

假面的告白

**很**长一段时间以来,我总是坚持对别人说,我曾亲眼看到过自己出生时候的景象。每当我说这件事时,大人们都会笑。最后,他们自己也觉得荒谬,便用一种略带憎恨的眼神,凝视着我这张苍白到几乎没有孩子模样的小孩子的脸。每当我偶然间在不怎么认识的客人面前提到这番言论时,祖母便会为我感到担忧,害怕其他人误会我是傻子,于是便厉声打断我的话,叫我到一边玩去。

嘲笑我的大人,通常希望找到一些科学依据来说服我。他们说一些那时婴儿还未将眼睛睁开,即使将眼睛睁开了,脑海里也不可能留下什么清晰的概念之类的话。要不然他们就在兴致大发时,如同表演一般,热情地对其进行详细描述,以便孩子能够完全理解。他们还摇晃着沉浸在深深的疑惑中我的小肩膀,问:"喏,是吧。"但是当他们摇晃我的肩膀时,似乎察觉到差一点就被我戏弄了。在他们的眼中,我是个孩子,但是又觉得不应该掉以轻心。这小家伙肯定是想设置一个陷阱,便于他弄清楚"那件事"吧。如果这样的话,你为什么不能像个孩子一样天真无邪地发问呢?例如问一些"我生于何处?为何会将我生出来?"……最终,他们再次沉默不语。没有人清楚,到底是出于何种原因?不知为何,他们的脸上带着深沉而淡淡的微笑,凝视着我——那微笑好像代表着他们的心被深深伤害了似的。

可是,他们想多了,我压根不想再询问"那件事"。对我来说,害怕让大人感到伤心,所以根本想不到设置圈套这样的计策的。

不管大人作何解释,又或是一笑而过,我始终坚信自己亲眼看到过自己出生时的场景的。这样的坚信,可能是记忆中在场的人们对我提起过,也可能是源于我的想象力,两者之间必有一个因素。然而,我只能确定其中一个地方是我亲眼所见,那就是新生儿洗澡的澡盆边。那是一个全新的用树皮制作的盆子,从里面看,盆边有微弱的亮光折射出来。唯独这个地方的树皮闪烁着耀眼的光芒,似乎是用金子制成的。荡漾的水波不断用舌尖轻舔,却无法触及盆的边缘。不过,盆沿下面的水里,不知是反射光,还是由于阳光的照射,看上去柔和而耀眼,细小的波纹不断碰撞融合。

对于这一段记忆,最有力的反驳是:我不是白天出生的。我生于晚上九点钟,不可能有阳光照射进来。那么,有没有可能是电灯的光呢？即便被人们嘲笑，但我仍然认为这澡盆在黑暗之中并非没有阳光照射进来。我就这样毫不费力地陷入悖论之中。因此，我亲眼看到自己刚出生时沐浴的东西，澡盆中荡漾的水波，的确不止一次地在我的脑海中摇曳。

我出生于关东大地震后的第三年。

那是十年前，祖父担任殖民地长官时，发生了一起贪污事件，他因部下所犯下的过错而引咎辞职（我并非故意卖弄优美的词句，祖父那么完美无瑕，在我的前半段人生中还从未看见过有什么人能够比得上我祖父所拥有的那种对人难得糊涂的信赖）。自那以后，我家几乎就像哼着小调，以轻松的速度从斜坡上向下滑落。他欠了一大笔钱，财产被查封，房产被变卖，之后便越来越贫穷了，仿佛是黑暗的冲动将病态的虚荣烧得越来越旺。——因此，我就出生在一间租来的破房子里面。这所房子位于环境恶劣的市镇的一角。这个地方有虚张声势的铁门、前院以及像偏远地区的礼拜堂一样宽敞的西式房间。从山坡上看过去这是一栋两层楼的宅邸，从山坡之下看上去则是三层的，让人感到阴暗、错综复杂，充满了盛气凌人的气势。房子里面有许多昏暗的房间，六个女佣以及祖父母、父母等十个人便起居于这幢好像旧衣橱一般咯吱作响的宅子里。

困扰我们一家人的根源主要是祖父的事业心、祖母的疾病和不懂节俭的陋习。祖父因为受到一群不靠谱的帮闲所拿来的建筑图纸的诱惑，便开始做起了黄金美梦，并时常去远处游玩。出身于名门望族的祖母，憎恶蔑视祖父。她拥有着清高孤傲、不屈不挠、如诗一般的灵魂。她的痼疾——脑神经痛，间接、顽固地侵蚀着她的神经。与此同时，这又在她的理智里增添了毫无益处的清晰。这种持续到死的狂躁的发作，竟然是她的祖父壮年时所遗留下来的罪恶之物，这又有谁知道呢？

父亲在这个家里，迎娶了纤弱且美丽的新娘——我的母亲。

1925 年 1 月 14 日清晨，母亲感觉到阵阵疼痛。晚上九点钟，生下了体重大约两公斤半的小婴儿。在我出生后第七天的晚上，我穿上法兰绒贴身衬衫、奶白色的绸内衣以及碎白道花纹的和服。祖父当着全家人的面，在奉书纸上面写下了我的名字，接着将它放在供桌上，置于壁龛之中。

很长一段时间，我的头发是金黄色的。后来，坚持使用橄榄油，终于变黑了。我的父母住在二楼，祖母在我出生后的第四十九天，以二楼用来养育婴幼儿不够安全为由，将我从母亲手中抢了过去。从那时起，我生活在那间门窗紧闭、弥漫着让人喘不过气来的疾患和老年人气味的病房之中，我的床紧挨着她的病床。我就是在这种环境下长大的。

在我即将满一周岁的时候，有一天祖母外出看戏，父亲的堂兄妹和母亲想趁着间隙休息一下。突然，母亲要去二楼拿东西，我跟在她的身后，被和服的下摆绊倒了，我从第三级台阶上摔了下来，将额头跌破了。

家里人拨打了传呼电话给歌舞伎座那边。祖母回来以后，右手拄着拐杖站在家门口，目不转睛地盯着出来迎接她的父亲，用非常冷静的语气，一字一句地询问道：

"已经不行了吗？"

"没有。"

祖母迈着好似巫女一样坚定的步伐，向屋里面走去……

在我五岁那年的元旦清晨，我的嘴里吐出了类似红咖啡果似的东西。主治医生来之后说："没有办法治了。"他给我注射了强心剂和葡萄糖，我就仿佛被针刺伤了一样。一家人都摸不到我的手腕和手臂上的脉搏，就望着我的"尸体"待了两个多小时。

准备好了白寿衣和我生前爱玩的玩具，一家人聚集在一起。大约一个小时之后，我撒尿了，医学博士出身的舅舅讲了一句："救回来了。"据说，这是心脏起搏的证据。过了一会儿，我再次撒了点尿。我的脸上逐渐恢复了朦胧的生命之光。

这样的病症——从我中毒开始——便成了我的痼疾。每月一次，此类症状总是或轻或重地造访我。我都数不清到底被下了多少次病危通知。我的意识渐渐开始习惯凭借向我走近的疾病的脚步声，以此来区分这个疾病究竟是濒临死亡还是远离死亡。

最初的记忆，那种难以想象的确切影像困扰着我的记忆，便是从这个时候开始的。

牵着我的手的人，不知道是母亲、护士、女佣还是婶婶。季节也不分明。午后的阳光，朦胧地照亮了斜坡上的房屋。我被一个不知道是谁的女人牵着手，然后爬上斜坡朝房子走去。一个人从坡道上迎面走来，那个女人用力拽着我的手离开了马路，站在那里。

这样的印象，多次重复出现，印象不断加深、集中起来。每次的反复，定会附加崭新的意味。原因是什么呢？因为在这四周广阔的景象之中，只有这个"从坡道上面走下来"的人的身影，让人感到一种不合理的精密度。其实也正常，这属于最开始的值得纪念的印象，我不断地受到它的威胁，导致我半辈子都沉浸在痛苦的深渊之中。

从坡道上面走下来的那个人，非常年轻。他的肩上挑着一担粪桶，头上缠着一条脏手巾，他的脸庞美丽而红润，眼睛炯炯有神，脚步稳重地从坡道上面走下来。他是一名清厕夫——淘大粪的人。他脚蹬胶皮底布鞋，穿着藏青色紧腿裤。年仅五岁的我，用异样的眼神观察着他的样子。现在还不清楚到底有何意义，不过一种力量的最初灵感，一种难以想象的朦胧声音，正在召唤我。初次在清厕夫身影上所显现出的东西，具有隐藏的含义。是什么原因呢？因为粪尿象征着大地。召唤我的东西，就是伊耶那美命神（日本神话中的母神）那带有恶意的爱，别无两样。

我预见到存在于这个世界上的强烈而刺痛的愿望。我抬头仰望这个年轻人肮脏的身影，那种"我希望像他一样"的欲望、"我希望就是他"的欲望牢牢地将我束缚。很明显，有两个重点能够使人联想到这种欲望：他的藏青色紧腿裤是其中之一，而他的职业则是另外一个。藏青色紧腿裤清晰地勾勒出他下半身的轮廓，似乎有些东西正在颤颤巍巍地向我走来。这条藏青色紧腿裤居然让我产生了一种难以形容的钦佩。到底是什么原因，我也不是很清楚。

他的职业——此时，我处于懂事的初期，就如同别的孩子憧憬着长大以后要成为陆军大将的心理一样，我的脑海中浮现出了"希望成为清厕夫"的念头。之所以会有这样的向往，可以说是由于那条藏青色的紧腿裤，但不仅如此。这个主题的本身在我的心中不断得到加强和发展，并得到了一种特别的扩展。

之所以会这样，是因为我从他的职业中感受了一种极端的悲伤、一种如烈焰焚身般的悲哀憧憬，以及一种极端意义上的"悲剧式的东西"。通过他的职业，我感受到了一种所谓"挺身而出"感、一种自暴自弃或面临危险的亲近感，以及虚无与活力的混合感。这些感觉泛滥成灾，逼近年仅五岁的我，并俘虏了我。或许我对清厕夫这样的职业产生了误解，或许我将从其他人那里听到其他的职业，因为他的服装而对他的职业产生了误解,强行认定他的职业就在其行列之中,否则,就解释不通了。

是什么原因呢?由于与这种情绪相同的主题,没过多久就转移到彩电车司机和地铁检票员的身上,他们带给我一种强烈的"悲剧性的生活"的感觉,这是一种对我很陌生、是我永远不会被那个地方排斥的"悲剧性的生活"。尤其是地铁检票员,当时飘散于地铁站的橡胶似的薄荷气味,和他那绿色制服胸前的成排金扣融合在一起,很容易使我想起"悲剧性的生活"。不知道是出于何种原因,我的内心居然"悲剧性的"联想到生活在那样气息中的人或事。被我的官能所寻找又被我排斥。我把这些与我无关的生活、事件定义为"悲剧性的"。我被它永远拒绝的悲哀,总是转移和梦幻到他们与他们的生活之中。我千辛万苦利用自己的悲哀,融入他们之中。如此一来,我所感受到的"悲剧性的东西",可能只是一种我从那里被拒绝的快速预见所带来的悲哀的投影而已。

还存在着另外一个最初的记忆。

我六岁的时候就已经能读会写了。那时,我还无法完全读懂那本小人书。那应该是我五岁时的记忆,不会有错。

当时,众多的小人书中,只有一本并且是书中唯一被当作扉页的一幅画,我格外喜欢。只要我凝视那幅画,便可以忘掉漫长而无聊的午后。而且,倘若有人向这边走来,我总是会心虚地赶紧翻过这一页。我很讨厌护士以及女佣照顾我。我想过我可以整天都盯着那幅画看的生活。只要打开此页面,我的心便会怦怦直跳,然而当我欣赏别的页面时,总是漫不经心。

那幅画,画的是身骑白马、高举着剑的贞德。马张大着鼻孔,用健硕的前蹄愤怒地扬起沙尘。圣女贞德身披银色盔甲,铠甲上饰有一些美丽的徽章。贞德那漂亮的脸庞从面罩中露出来,明晃晃的宝剑直刺蓝天,肆意挥舞着。这是冲向死亡吗?好歹是朝着某种不祥力量的对象冲去。我相信,他可能会在下一刻被杀。我迅速翻过这一页,或许我能看见他被杀的画面。小人书上的画,可能会在不知不觉中移至"下一刻"……

不过,有时护士会漫不经心地将这一页翻开,对在旁边偷看的我讲道:

"小少爷,关于这幅画的故事你知道吗?"

"不知道呀。"

"这个人看起来是不是很像一个男人?实际上是女人。这讲述了一个女扮男装上阵杀敌、报效国家的故事呀。"

"这个人是女人吗?"

一股悲伤的情绪涌上我的心头。最初认为的他,实际上却是她。这个美丽的骑士,不是男人而是女人,这到底是怎么回事?现如今,我对女扮男装的女人有种难以言喻的厌恶——尤其是这变成了一种我对于她的死所持有的美好的幻想以及一种残忍的报复,仿佛是在人生途中遇到的首个"现实的报复"。后来,我在王尔德的诗句中看到了一句赞扬美丽骑士之死的诗句:

　　骑士被杀亦俊美

　　仰面横卧在芦苇中……

自那之后,我便将这本小人书扔掉了,再也没碰过它。

于斯曼[①]曾在他的小说《在那儿》中写过:"不久之后,这东西的性质便会忽然朝着极为精巧的残忍和微妙的罪恶转变。"兹鲁特菲神秘主义的冲动,是在他亲眼看到查理七世的勒令而担任了其护卫的圣女贞德各种不可思议的事迹后逐渐培养出来的。虽然是正好相反的机缘(即作为厌恶的机缘),可是对于我来讲,圣女贞德确实发挥了一定作用。

还有另一个记忆。

那就是汗的气味。汗味驱赶着我,激发着我的渴望,支配着我的行为。

侧耳倾听,远处传来混浊的、微弱的、令人恐惧的声音。时而夹杂着号角声,简单而莫名的哀悼声传来。我迫不及待地抓住女佣的手,催她走快一些,期盼她可以将我抱起来,

---

① 于斯曼(1848—1907),法国小说家。

赶到大门口去。

原来是练兵归来的军队,从我家门前经过。我总是很高兴地向喜爱小孩的士兵索要几颗弹壳。祖母说这样非常不安全,不允许我玩这些玩意儿。于是,这种乐趣更增加了几分神秘色彩。沉重的军靴声、污秽的军服和肩上林立着的枪支,都足以将任何一个孩子吸引过来。不过,真正吸引我产生向他们索要弹壳这种乐趣的动机,只是他们身上散发的汗味儿而已。

士兵们的汗味儿,那种如海风似的、好像被黄金炒过的海岸空气的气味,那气味搏动我的鼻孔,让我沉醉其中。我对气味最开始的记忆,可能就是始于这种气味吧。这种气味,自然不会立马就与性的快感结合在一起,但士兵们的命运、他们职业的悲剧性、他们的死亡、他们应该看见的遥远的各国,他们对于这一切东西的官能上的欲求,都在我心中逐渐苏醒,并根深蒂固。

在人生这条道路上,我第一次遇到这些千奇百怪的幻影。它从一开始,就以非常巧妙和完整的形态出现在我的眼前。后来,当我来到这里寻找自己的意识和行动的源泉时,它也是完整无缺的。

我幼时所持有的对人生的观念,并没有脱离奥古斯丁[①]

---

[①] 奥古斯丁(354—430),罗马教会教父,基督教神学家,曾预言人被拯救或灭亡。

式的预定说的范围之内。很多无益的迷茫折磨着我，时至今日依旧折磨着我。可是，倘若将这种迷茫视作一种堕入罪恶的诱惑，那么它永远不会动摇我的结论。我一生中不安的总账，就像一张菜单，在我阅读之前，就已经给我了。我只需要将餐巾围上，面对餐桌就座便可以了。就连目前正在写的这种怪异的书，同样被丝毫不差地记录在了菜单上面。从逻辑上讲，我理应最开始发现它。

幼时是时间与空间的纠纷舞台。例如，火山爆发、叛军暴动、大人们告诉我的诸国的新闻，祖母患病，家中大大小小的争吵，与刚刚还沉溺于童话世界的空想之中的事件，这三样东西对我来讲，始终都是等值的、同系列的。我不认为这个世界会比搭积木更复杂，也无法认为不久之后我将奔向的所谓"社会"会比童话世界更奇怪。一种界定不经意间就开始了。因此，一切的空想从最开始就抵抗这个界定，透出了一种莫名其妙的、完完整整的、自成体系的类似于强烈愿望的绝望。

晚上，当我躺在床上时，看见了灿烂辉煌的都市，浮现在我床铺周围黑暗的延长线上。这都会出奇地寂静，而且充满了光辉和神秘。毋庸置疑，只要到过这里的人，脸上都被盖上了秘密的印章。深夜返家的大人们，他们的一言一行中，带有某种仿佛共同语言、博爱主义团体的东西。除此之外，还有一种耀眼的、怕被人直视的疲劳浮现在他们脸上。

就像那圣诞面具一般，只要你用手触碰他们的脸，指尖上便会留下银粉，就会明白他们被夜的都会装饰着多彩的颜色。

不一会儿，关于"爱"的主题的序幕就在我眼前拉开了。原来是松旭斋天胜[①]的舞台（那是她罕见的在新宿剧场表演的时刻。几年后，有一个叫但丁的魔术师在同一个剧场进行了表演，那场面与天胜时候相比要恢宏几倍。但是，不管是这位但丁魔术师，还是万国博览会的哈根贝克马戏团，都比不上初次见到天胜那样让我惊奇）。

她丰盈的身躯，裹着《启示录》[②]中淫荡妇的衣裳，怡然自得地在舞台上走来走去。魔术师独有的自负和霸气，看起来像一个绝望的贵族，那忧郁的气质，女英雄的各种动作，还有那廉价的、令人眼花缭乱的仿制衣服、像女浪花曲[③]师一样浓重的化妆，连脚趾尖都涂了白粉、人造宝石装饰而成的艳丽的手镯，等等，神奇地浮现出一派忧郁的协调。毋宁说，正是由于阴翳的细腻肌理，带来了独特的和谐感。

"希望变成天胜"的心愿，"希望成为彩电车司机"的心愿，我虽然不清楚，但是明白这两者本质上是不同的。最明

---

[①] 松旭斋天胜（1886—1944），魔术界最富权威的欧式女性魔术师。在海外巡演上千种魔术，誉满全球。

[②] 《新约全书》的最后一章，讲述了劝慰基督徒、基督再来、神国到来和地上王国的灭亡等。

[③] 浪花曲，一种三弦伴奏的民间说唱歌曲。

显的区别是,前者可以说完全缺乏对"悲剧性的东西"的渴望。关于"希望变成天胜"的期望,我还未经历过那种憧憬、愧疚烦躁的混淆,就已结束了。即使这样,我仍旧需要将那种悸动的痛苦紧紧压制住。有一天,我还是悄悄溜进母亲的房间,打开了衣柜。

我从母亲的衣物中,找出了最鲜艳最华丽的那套和服。腰带上用油画描绘着红玫瑰。我学着土耳其大官的模样,将腰带一层一层地缠绕在身上,然后用绉绸毛巾裹住头部。我站在镜子前,看到这即兴而作的头巾,宛如"宝岛"上出没的海盗头巾。我喜不自禁,脸都涨红了。不过,对我而言,真正的工作还在后面。我务必使我的一举一动,包括我的手指和脚趾都要与神秘感相符合。我把一面小镜子塞到腰带里面,脸上抹了一层薄薄的白粉。然后,带上棒状的银色手电筒、古色古香的雕金钢笔,总之,带上了所有明亮而令人眼花缭乱的东西。

于是,我就这样庄严地向祖母的起居室走去。我无法控制内心疯狂的喜悦,一边说着"天胜!我是天胜呀!",一边在起居室里面走来走去。当时起居室里有躺在病榻上的祖母、母亲、一名访客以及照顾病人的用人。我眼里没有看见任何人。我的狂热集中在自己扮演的天胜被众人欣赏的意识上,可以说,我的眼中只有我自己。但是,当我忽然清醒过来时,看到了母亲的脸。母亲脸色苍白,茫然地坐在那里。

每当与我的目光相遇时,她就迅速垂下了眼帘。

我明白了。泪水涌了出来。

此时,我明白了什么?还是被迫明白了什么?"悔恨先于罪恶"这个主题,难道此时就暗示其端倪吗?还是这件事让我体会到了在爱的目光之下孤独难看的教训,同时又从反面学到了我自身对爱的拒绝的方法?

女佣拦住了我。我被她带到另外一间房间,瞬间我的这身稀奇古怪的服装就被她如同拔掉鸡毛一般扒掉了。

这种装扮欲,在看了某部电影以后越发强烈。这样明显的欲望,一直延续到十岁左右。

有一次,我与学仆①一起去看了一部名为《万岁!空竹》的音乐电影,扮演空竹的演员穿着宫廷服,袖口上绣着长长的花边,不停地舞动着,这使我至今难以忘怀。当我说,"我也希望能够穿上那样的衣服,戴上那样的假发"这句话时,学仆发出了轻蔑的笑声。据我所知,他常常在女佣的房间里装扮成八重垣姬,逗她们开心。

在天胜之后,我迷上了克莱奥帕托拉②。记得某年岁暮的一个下雪天,我央求一位熟悉的医生,带我去看了那部电影。

---

① 原文作书生,即寄宿在别人家帮忙照料家务而求学的仆人。

② 克莱奥帕托拉(前69—前30),古埃及普特莱玛伊奥斯王朝最后一位女王。后传为绝世美人的典范。

由于是年末,观众很少。医生将脚放在椅子的扶手上睡着了,只有我一个人用好奇的目光注视着银幕里的埃及女王,女王被许多奴隶抬着,坐在奇怪的轿子上,向罗马奔去。她整个眼睑都涂满了眼影液,看上去十分忧郁。她身穿超自然的衣服,此外我从波斯地毯中看到了她琥珀色的半裸身影。

后来,我瞒着祖母与父母(充满着罪恶的喜悦),将弟妹当作对象,沉迷于克莱奥帕托拉的装扮之中。我从这样的女扮男装中到底期望得到什么呢?之后,我从衰落时期的罗马皇帝、罗马古神的破坏者、颓废的帝王兽赫利奥格帕尔斯[①]那里,找到了与我相似的期待。

如此一来,关于这两种的前提,我就已经讲述完了。有必要在这里再重复一次。淘粪尿的人、圣女贞德,以及士兵的汗味儿属于第一个前提。松旭斋天胜与克莱奥帕托拉属于第二个前提。

还有另一个前提必须要讲。

我将孩子们能够接触到的全部童话故事都阅读了一遍。不过,我不喜欢公主。我只喜欢王子,特别是那些遇害的王子们以及遭遇死亡命运的王子们。我爱所有被害的年轻人。

不过,我仍然不明白。为何在众多安徒生童话中,只

---

[①] 赫利奥格帕尔斯(204—222),罗马皇帝,十四岁时被军队拥护为皇帝。因骄奢淫逸,最后被近卫军杀害。

有《蔷薇妖精》中那位英俊的青年在亲吻情人赠送的纪念物蔷薇花时，被坏家伙用大餐刀刺死，并且被砍去了头颅的段落，给我的心灵留下了深深的阴影？为什么在王尔德的众多童话中，只有《渔夫与人鱼》中那位抱着人鱼被冲上海滩的年轻渔夫的尸体，使我着迷？

当然，我也喜欢其他儿童读物。在安徒生的作品之中，《夜莺》是我的最爱。此外，一些漫画儿童书我也喜欢。不过，这些还是不能阻止我对死亡、黑夜和鲜血的那种偏爱。

"被杀害的王子"的幻影总是无休止地追赶我。当王子们穿着紧身裤裸露的装扮，同他们残酷的死亡联系起来加以想象时，为什么会感到那般开心？谁能向我解释其背后的真相？这里有一个匈牙利的童话故事，那幅十分写实的原色版插画，俘获了我很长一段时间。

插图中的王子，内穿紧身衣裤，外穿一件胸前绣着金丝刺绣的蔷薇色上衣，披着不时外翻红色衬里的深蓝色斗篷，腰间系着一条墨绿色的金腰带。绿金的头盔、深红的大刀以及绿皮的箭筒，这就是他的武装。他的左手戴着白皮手套，挽着一张弓；右手扶在森林中的老树梢上，脸上的表情严肃而痛苦，俯瞰着那条马上就要朝他扑过来的巨龙的血盆大口。那表情里，有一种拼死的决心。假如这位王子担负着作为打败龙的胜利者的命运，那样的话这带给我的蛊惑是何等的浅薄啊。幸运的是，王子担负的命运是死亡。

遗憾的是，这并不是一个完美的死亡命运。因为王子为了救妹妹，为了娶美丽的女妖王，历经了七次死亡的考验。幸运的是，依靠他含在嘴里的钻石的魔力，七次死里逃生，因此享受到了成功的喜悦。前面提到的插图，描述的是第一次死亡——龙将他咬死的情景。之后，他"被一只巨大的蜘蛛给抓住，全身都是蜘蛛的毒液，蜘蛛就这样将他吃掉了"，然后就是被淹死、烧死、遭蜜蜂蜇死、被蛇咬死、被扔到满是大刀尖的深渊里，最后被从天而降的"大雨般的"数不清的大石头砸死。

有关"神龙咬死"的情节，描述得格外详细，具体描述如下：

王子立马就被龙咯吱咯吱地咬烂了。王子被咬成碎块时，他感到痛苦不堪。但他尽力忍耐着，直到全部被咬碎以后，瞬间又恢复了原貌，并且灵活地从龙口里面飞了出来。身上毫无擦伤的痕迹。龙当场倒地而死。

这段故事，我读了近百遍。不过我认为有一个不容忽视的败笔，那就是"身上毫无擦伤的痕迹"这一行。当我读到这一行时，就感觉好像遭到了作者的背叛，作者犯了个重大的错误。

后来，我无意中搞了个发明。即只要读到这里时，我就用手将"瞬间……龙"这一段遮住，跳过去。这样，这本书就呈现出理想读物的样子了。那就这样来读：

"王子立马被龙咯吱咯吱地咬烂了。王子在被咬成碎块的过程之中,痛苦不堪。但他尽力忍耐着,直到全身被咬碎以后,当场倒地而死。"

大人们是否能从这样的删节里读出不合常理?可是,这位年幼、骄傲、沉迷在个人爱好中的审查官,虽然很清楚"全身被咬碎"和"当场倒地而死"这两句存在着明显的矛盾,但还是没有办法删掉其中一句。

我幻想过自己战死或被杀害的情景。尽管如此,我比普通人更害怕死亡。一次,女佣被我欺负哭了。第二天早上,这个女佣又像没事一样,面带着微笑,伺候我吃早餐。我从她的脸上,读出了其中蕴含的各种含义。我不得不认为,那是她获胜的希望所带来的恶魔般微笑。我怕她有报复我,或者毒死我的企图。因为恐惧,我的心跳动不已。她一定将毒药放在了酱汤里面。每当我早上产生这样的想法时,我坚决不会动那个酱汤一下。有几次,用完早餐,刚要从餐桌离开时,我盯着女佣的脸,露出一副"看见了吧"的神气。女佣坐在餐桌对面,好像就算毒害的计划失败她也毫不灰心,只是惋惜地看着已经凉透了的还有些许灰尘漂浮在上面的酱汤。

祖母心疼体弱多病的我,同时,又担心我学坏,所以不允许我和周围的男孩一起玩耍。因此,我的玩伴除了女佣与护士,就只有祖母在街坊的女孩里专门为我挑选的三个小女孩。诸如开门关门声、玩具喇叭声、相扑声之类的一点噪声,所有大的响声以及震动都会引起祖母的膝神经痛,因此我们玩耍时的声音与一般的女孩子相比要更轻一点。如此一来,我自然对独自看书、堆积木和画画更感兴趣,并沉浸于恣意的幻想之中。后来,妹妹和弟弟相继出生,他们在父亲的照顾之下(不像我全由祖母一手照顾长大),能够像普通小孩一样在自由的环境中长大。不过,我并不是很羡慕他们的自由和放肆。

但是,我去堂妹家玩耍,情况就发生了改变。甚至我也被要求像一个"男子汉"。我七岁那年早春,即将升小学,去一个堂妹家拜访——称她为杉子吧——,发生了一件难忘的事。其经过是:祖母带着我到堂妹家,听到大伯母们一个劲儿夸我"长大了,长大了",她破例让我吃了亲戚端给我的菜肴。之前提到的,祖母对"自家中毒"的频发感到担忧,直到那年之前,都不允许我吃"青花鱼"。至今为止,对于鱼类,我只知道比目鱼、鲳鱼和鲫鱼一类的白肉鱼;对于土豆,我只知道捣碎并且筛滤过的土豆泥;对于点心,则不允许我吃带馅的,只能吃一些味道清淡的饼干、西式薄脆饼或者干点心;至于水果,也只认识切成薄片的苹果以及少许的蜜橘。第一次是青花鱼——那是鲥鱼,我满怀欣喜地品尝了一番。

于我而言,如此美味的食物意味着我获得了当大人的资格。平日里产生这样的感觉时,我便会有一种情绪上的不安——"变成大人的不安"——我的舌头不得已品尝到了某种轻微的苦味儿。

杉子是个健康且有活力的孩子。我留宿在她家,在同一个房间的床铺上并排睡觉时,杉子的头刚沾到枕头便迅速地睡着了,如同机器一般。而我却老是失眠,怀着轻微的嫉妒与赞赏的心情注视着她。我在她家比在自己家要自由许多。这里不存在想要夺走我的假想敌,那就是我的父母不在这里,祖母放心地给了我自由。不像在家里时那样将我控制在她的视线之内。

尽管我待在这种环境之中,却无法享受到更多的自由。我感觉非常不自在,就像大病初愈后刚开始学走路的病人被迫履行一种无形的义务一般。毋宁说,我想念那懒散的卧铺。而且,在这里我无形中被要求变成一个"男子汉"。因此,我开始违心的表演。在别人看来,我的演技于我而言是尝试回归本质的表现。在别人看来,只有自然的我,才是我表演出来的东西。从此时起,我开始对这种机械论有了模糊的认识。

这种并非本意的表演,导致我提议"玩战争游戏吧!"我的对手就是杉子与另外一个堂妹,这确实是一种不合适的游戏。更别提对方"阿玛佐涅"①原本就不怎么有活力。我提议玩战争游戏,是出于逆反心理。那不是为了讨好她们,只

---

① 德语 Amazonen,传说中小亚细亚好战的女民族。翻译成女杰。

是想多多少少让她们尴尬一下。

黄昏时分，我们还在房屋内外玩着无聊且笨拙的战争游戏。杉子在草丛后边，哒哒哒哒地用嘴模仿机枪的声音。我想到此时该结束了。因此，我逃到房子里，看见一边不断地叫着哒哒哒一边向这边追赶而来的女兵，就用手捂住胸膛，精疲力竭地倒在客厅的正中间。

"阿公①，怎么了？"

女兵们表情严肃地向这边跑来。我既不睁眼，也不动手地答道：

"我战死了！"

我幻想自己扭曲着身子倒下去的样子，感到十分兴奋。有一种无法言说的快感从自己被击毙的状态之中流露出来。即使是真的中弹，我可能也感觉不到疼痛吧。

幼年时期……

我遇到了一个象征性的情景。对今天的我来说，这个情景的确与幼年时期相似。看到那情景，我感觉幼年时期正在挥手与我告别，即将要离我而去了。我预感到，我内部的时间全都从我的内部开始升腾，在这幅画的前面被截住，我准确地临摹下了这幅画中的人物、动态以及声音。在完成临摹的同时，原画的光景便与时间融在了一起，即便是留给我的

---

① 三岛由纪夫的原名为平冈公威。

东西，可能也只是唯一的临摹——也可以说是我幼年时期的精确复制。任何人的幼年时期，都会有这样一桩值得警惕的事件吧，只不过因形态微小，不值一提，而被人们忽视了。

这样的情景，就是这样：

有一次，过夏节的时候，一伙人一股脑地从我家大门涌了进来。

祖母由于腿脚不灵便，加上为了我这个孙子，便商请了策划人安排市内的节日游行队伍从我家的门前经过。这个地方原本不是节日游行的必经之路，不过因为主管部门领导的特别照顾，游行队伍每年都会绕远路，从我家门前经过。这早已变成了一种习惯。

我和家人就站在门前。两扇形如蔓藤花的铁门左右打开，门前的石阶被打扫得一尘不染，并且还喷洒了水。大鼓的声音断断续续地从远方传来。

悲壮的山野号子传来，听了让人起鸡皮疙瘩。那乱哄哄的祭典嘈杂声穿过游行队伍，好像在告知人们，表面看起来时空洞的喧嚣才真正是祭祀的主调。那是在诉说一种悲哀：人与永恒的极为低俗的交织，唯有经过某种虔诚的乱伦才能够有所成就。不知不觉中，混淆不清的音的集团，也能辨别出前驱锡杖的金属声、大鼓低沉的咚咚声，以及抬神舆手们嘈杂的吆喝声。我感到热血沸腾，呼吸困难，差不多要跌倒了（从此时起，这种强烈的期待不再是喜悦，而是痛苦）。

手执锡杖的神官用狐狸面具遮住脸部,这种神秘野兽的金色眼睛,一直令我着迷。无形中,我一把抓住身旁家人衣服的下摆,摆好姿势,等待时机来临从眼前的游行队伍所带给我的近乎恐怖的欢愉中逃脱。从此时开始,我以这种态度来面对人生。过分地期待,以及事前凭借幻想过多地修饰,到最后还不是要从中逃离。

不久,壮丁们扛着用稻草绳系着的香资箱走了过来。在神舆上坐着的孩子们兴高采烈地走了过去,一顶黑金色的庄重的大神舆走了过来。大神舆经过以前,轿顶上的金凤凰像盘旋于风浪间的鸟一样,随着叫喊声耀眼地移动着。远远地看见这样的景象,让我们感到一种华丽的不安。只有那神舆的四周,处于一种热带空气般浓重沉闷的无风状态。这样看来,它具有恶意的懒惰。神舆在小伙子赤裸的肩膀上,猛烈地摇晃。红白相间的粗稻草绳、黑金两色的围栏、菱形饰章和紧闭的泥金门里,有着四尺见方的漆黑,在晴空万里的初夏的正午,上下左右摇曳跳动的四面八方空荡的黑夜,不期而至。

神舆来到我们眼前。年轻人身着浴衣,裸露着大半个身子,他们尽力练习功夫,使得神舆本体像醉酒般摇晃。他们步履蹒跚,他们的眼睛似乎没有看向地面。一个手里拿着大团扇的小伙子,一边高声叫喊着,围着人群来回跑动,一边鼓动着大家。神舆时而会晃晃悠悠地向一边倾斜,立刻又在狂热的叫喊声中被扶正。

此时，我家的大人们似乎从那看起来和往常一样的行进队伍的人群中，预感到一股意志的力量，突然将我攥住大人的手向后边推，只听到有人大喊一声"危险！"然后，我不清楚到底发生了什么。我的手被人拽着，从前院逃了出去。接着，从侧门跑回了家里。

我不清楚和谁一块跑到了二楼，我站在阳台上面，屏住呼吸，看着正向前院拥进的抬着黑色神舆的一群人。

到底是什么力量促使他们如此冲动呢？后来，我想了很久，都想不明白。几十个年轻人怎么可能像是策划好似的一窝蜂地拥入我的家门呢。

他们无情地踩踏庭院里的树丛。好一场祭典活动！我所看腻了的前院，变成了另外一个世界。神舆被抬着满院子跑，灌木全部都被压坏了。我连发生了什么事都没弄明白。声音温和，使人不禁感到简直就像冻结了沉默和没有内容的轰鸣声，交相造访这里。颜色也同样跳动着金、红、紫、绿、黄、深蓝以及白色，轮番涌动。时而是金色，时而是朱红色，使人感到似乎有一种色调在支配着整体。

不过，只有一种鲜艳美丽的东西，让我觉醒，让我透不过气，让我的内心感到无名的痛苦。那便是抬神舆的年轻人露出的那种人世间荒淫的、明显的陶醉表情……

# 第二章

最近一年多以来，我感觉非常烦恼，那种烦恼是得到千奇百怪的玩具的孩子才有的烦恼。那年我十三岁。

这玩具只要有机会就增大体积，示意它能够因使用方法不同而变成十分有趣的玩具。不过，没有一个地方写着使用方法。因此，当玩具想开始跟我玩时，我不禁感到不知所措。这样的屈辱和焦躁不时加重，有时我甚至想去毁掉玩具。最终，我还是屈服于这带有撒娇且看起来神秘的、不听话的玩具，无可奈何地注视着它那副放肆的模样。

因此，我更加虚心地聆听玩具所憧憬的地方。当我有这样的想法并且认真对其进行观察时，发觉这玩具其实早就具备了固定的嗜好，即秩序。嗜好的系列，和我童年时期的记忆联系起来，再加上夏天海边遇到的裸体青年、神宫外苑游泳池畔的游泳选手、娶了堂姐的肤色浅黑的青年，还有许多冒险小说里面的勇敢的主人公，那些连续不断的……在这以前，我将这些系列与另外的如诗一般的系列混淆了。

玩具也依旧朝着死亡、热血以及结实的肉体，仰起头来。我偷偷从学仆那里借来武侠杂志，看见卷首的插图上画着全身是血的决斗场面；年轻的武士切腹的场面；被子弹打中之后咬着牙、抓住胸口的军服、鲜血顺着手指滴落下来的士兵的画面；还有顶多是三级水平的不太胖的相扑选手的照片……只要这些东西一出现，玩具立马就会抬起它好奇的脑袋。若是用"好奇"这个形容词不太妥当的话，将其换成"可爱的"或者是"欲求的"都可以。

我的快感，随着对这些事情的理解，逐渐有意识、有计划地动了起来，甚至开始选择、整理了。如果我认为武侠杂志卷首的构图有不足之处，就会用彩色铅笔临摹下来，在此基础上进行充分的修改。我画的都是些手捂着胸上的枪伤、猝然倒地的马戏团青年，还有从钢丝上跌落下来摔破了头、半边脸被血覆盖的走钢丝演员。在学校的时候，我总是担心被我收藏在家中书柜抽屉里面这些残虐的图画是否会被家里人发现，因此连课也无法好好听。不管怎样，因为我的玩具喜欢这一类型的画，我也舍不得就这样匆忙地撕毁、扔掉我的画。

如此一来，我那个不听话的玩具，不止达到了它的第一个目的，而且还达到了第二个所谓"恶习"的目的，就这样不知虚度了多少时光。

我四周的环境发生了各种变化。我们全家从我出生的家搬走了,分别搬到了两幢相距不到六十米的房子里。我与祖父母住了一幢,父母与弟弟妹妹们住了一幢,形成了两个家庭。这期间,正好是父亲奉政府之命去欧洲各国出差回国之时。不久,父母一家又搬了家,尽管有些晚了,但是父亲决定趁着这次搬迁的机会,将我带回家抚养。于是,我经历了与祖母离别的场面,父亲将这一幕称为"新派悲剧"。我终于搬去了父亲的新家。这个地方和原来祖父母家,隔着很多个国营电车站和市营电车站。祖母抱着我的照片日夜哭泣。如果我破坏了每周一次去她那儿住的约定,祖母就会立马犯病。十三岁的我,居然会被一个六十岁的老人深深爱着。

其间,父亲留下家人,独自一人到大阪工作去了。

有一天,我趁感冒而不能去学校的机会,将父亲送我的几本外国画册拿到房间里仔细地阅读了起来。特别是看到意大利各城市美术馆的介绍时,上面的希腊雕刻图片,让我为之着迷。众多的裸体名画,唯独黑白图片与我的嗜好相吻合。是什么原因呢,也许是它看起来更写实吧。

我今天是第一次看到手里的这些画册。小气的父亲因为害怕这些画册被孩子弄脏,就将其放到橱柜之中藏了起来(一半原因是害怕我会被名画中的裸体女人所迷惑。不过这是多么不正确的估计呀!)。但是,我有自己的想法,我对这些名画并没有抱有像对武侠杂志的卷首插图那样大的期待。我向左翻着所剩不多的几页，突然我发现一个角落出现一幅画，好像是专门为我所画，并在那里等待着我。

这是一幅收藏于热内亚卢索宫里的由雷尼①创作的《圣塞巴斯蒂安》。

这幅画以提香②式的忧郁的森林以及夕空的微暗的远景为背景，略微有些倾斜的黑树干便是用来捆绑圣者塞巴斯蒂安的刑具。非常俊美的青年被赤身绑在树干上，双手高高交叉，绑着两个手腕的绳子系在树上。其他地方无法看到绳结，一块白粗布遮着青年的裸露身躯，松松地缠在其腰身附近。

我看得出那是一幅殉教图。可是，文艺复兴后期的唯美折中派画家画的这幅圣者塞巴斯蒂安殉教图，倒是散发着浓重异教氛围。原因是什么呢？这是由于在安提诺乌斯③独一无二的肉体上，丝毫看不出其他圣徒身上常见的传教的艰辛与老朽的痕迹，只有青春、光辉、唯美和安逸。

这白皙无比的裸体被置于薄暮的背景前面，耀眼夺目。

---

① 圭多·雷尼（1575—1642），意大利画家。
② 提香（约1490—1576），文艺复兴时期意大利画家。擅长肖像画、神话绘画、宗教主题绘画等。
③ 安提诺乌斯（约110—130），罗马皇帝哈德良宠爱的美少年。他曾陪着哈德良一起周游地中海，后来溺死在埃及尼罗河。

作为一名近卫军，那惯于拉弓挥剑的健硕的臂膀以那样合理的角度抬了起来，被束的双手正好在发顶上方相交，脸微微向上仰起，凝视着苍穹荣光的眼睛，安详而深邃。不管是挺起的胸膛、收紧的腹部，还是稍微扭曲的腰部，四周所散发出的都不是痛苦，而是回荡着某种音乐般忧郁的逸声。要是没有那深深射进他的左腋窝和右侧腹的箭头，那他看起来就像一名罗马的运动健将，在薄暮中倚着庭院的树，静静地歇息。

箭头深深地射入他那紧实的、洋溢着青春气息的肉体之中，企图利用无上的痛苦和欢愉的火焰，从内部来燃烧他的肉体。可是画家并未对流血进行描绘，也并未像其他塞巴斯蒂安圣徒一样画上无数的箭，只有两支箭，将静谧、端庄的影子投在他那如同大理石似的皮肤上面，宛如映在石阶上的枝影。

其他暂且不论，上面的判断和观察，都是后来才体悟到的。

在那幅画出现在我眼前的一瞬间，我的全部存在被某种异教徒的欢喜所摇动。我的血液不断沸腾，我的器官充满愤怒的色彩。我的巨大而即将迸裂的玩具，正空前热烈地等着我去使用，谴责我的无知，愤怒地喘息着。我的手没有受到谁的教，无意间开始了动作。我能感觉到一种昏暗而辉煌的物体迅速在我的心头涌动，这种东西在扑朔迷离的酩酊醉态下一下子爆发了出来。

片刻之后,我怀着不忍直视的心情环视着自己面前的书桌四周。窗边的枫树,将明亮的影子洒落在我的墨水瓶、教科书、字典、画册以及笔记本上。教科书的镏金题字、墨水瓶边角以及字典的一角上,全都被溅上了白浊的飞沫。这些飞沫,有的是混浊且懒散的水滴,有的是如死鱼眼般微弱的光……幸运的是,我立即出手制止,才让画册免遭被弄脏的命运。

这便是我的首次ejocdation[①],同样是我首次技术低劣的突发性"恶习"。

马格努斯[②]所列举的倒错者特别喜好的绘画雕塑之类首推《圣塞巴斯蒂安》,我之所以喜欢这幅画,是一次很有趣的偶然。这件事,对于倒错者,特别是天生的倒错者而言,那种倒错的冲动以及施虐淫乱症的冲动很轻易就能被猜到,绝大多数场合是错综复杂、难以区别的。

塞巴斯蒂安生于三世纪中叶,后来担任罗马军队的近卫军长官,三十多岁便以殉教结束了短暂的一生。他是公元288年去世的,正是戴里克先帝的执政时期。这个出身贫苦,后来飞黄腾达的皇帝,以特有的温和主义为世人所景仰。但

---

① 拉丁语,射精。
② 马格努斯(1868—1935),德国性学家。

是副帝马克西米安对基督教十分厌恶,他将效法基督教的和平主义而逃避兵役的非洲青年马克西米里安斯处以死刑。百人队长马鲁克尔斯的死刑,也是按照相同的宗教式来执行的。鉴于这样的历史背景,我们便能够明白圣者塞巴斯蒂安的殉教了。

近卫军长官塞巴斯蒂安秘密皈依基督教,慰问狱中的基督教徒,暴露出他迫使市长以及其他人改变信仰的行动,最终被戴克里先判了死刑。他的尸体被射入无数支箭并遗弃在荒野,一名虔诚的寡妇前来为他掩埋尸体,发现他的身体还有余温。她将他抱在怀中,然后他苏醒了。然而,他又马上反抗皇帝,讲了许多亵渎他们的言语,这次他死于乱棍之下。

传说他死而复活的主题,只不过是盼望有"奇迹"出现而已。怎样的肉体能够在遭受无数乱箭的射杀之后还能清醒过来呢?

为了使人们能够更加深入地了解我官能性的最大的欢乐到底属于何种性质,我将很多年后所创作但未完成的散文诗揭示如下:

圣者塞巴斯蒂安(散文诗)

有一次,我从教室的窗外发现一棵不太高的树在风中摇曳。看着看着,我心潮翻涌起来。那是一棵出奇漂亮的树。这棵树在草坪上构筑成一个圆润端正的三角形,众多枝条烛台般左右对称地伸展，托着重重的绿叶。绿叶之下，我们能够窥探到暗暗的黑檀木台座般稳如泰山的树干。创作极尽精巧，亦不失"自然"优雅超脱之气。这棵树挺立着，堂堂正正守着一份自我创造者的明朗沉默。它确实又可以称为一部作品，可能是一部音乐类的作品，德国乐师专为室内乐而创作的作品。这音乐能够称得上圣乐的宗教式安静的逸乐，听上去满是庄严肃穆以及眷恋的感情，仿佛葛丝编织的壁挂图案一般。

所以，树的形态与音乐相似，于我而言具有某种意义。当两者结合而成一种更加强烈且深沉的东西袭扰我时，这种难以表达的不同凡响的感动，至少，它不再是抒情的，而是宗教和音乐融合之后所能见到的那种昏暗的酩酊，即便这样看也没有什么不可思议的。

"不就是这棵树吗？"我忽然在心里暗暗问道。

"他们将年轻的圣者反剪双手绑到树干上面，大量神圣的鲜血如同雨后的水滴一般，从树干滴落下来。剧烈燃烧的青春肌体摩擦着树干，在死亡的痛苦中挣扎（这也许是世上所有快乐和烦恼的最后见证），那不就是那棵罗马的树吗？"

据殉教史所传，那位戴克里先登基后的许多年间，每当梦到能有像小鸟一样自由飞翔的无边权力时，昔日曾经备受阿德里安皇帝喜爱的闻名天下的近卫军的眼神便会浮现在他的脑海里，那是一种兼具东方奴隶的优美身躯以及大海一样无情的叛逆者的眼神。这位近卫军长官后来因信奉禁神罪而被逮捕。他英俊且傲慢，他的盔帽上每天早上插着镇上姑娘送来的纯白百合花。经过一阵艰苦的训练后，百合花顺着他雄浑的垂发，优雅地低垂着，那样子宛如白天鹅的颈项。

无人知晓他生于何处，来自何方。不过人们预感到：这个有着奴隶的身躯和王子般容貌的年轻人，是作为逝去者而来到这里的。他是牧羊人恩底弥昂①的化身。他是被选中来当一名牧羊人的，这个牧场比任何牧场都更加绿意盎然。

好几个姑娘确信他来自大海。因为他的胸膛可以听见大海的轰鸣；因为他的眼里浮现着生于海边而又迫不得已从海边离开的瞳孔深处，浮现出大海赐予的神秘且又永不消失的水平线。他的呼吸如同仲夏的海风一般灼热，夹杂着被海浪冲上岸的海草的味道。

塞巴斯蒂安——年轻的近卫军长官——所呈现出的美难道不属于被杀戮的美吗？罗马那些滴着鲜血的肉香和松筋彻骨美酒的香醇，滋养着那些健硕的妇女们的"五感"，难道不是因为早就对他自己尚不知晓的厄运有所察觉才爱上他的吗？她们窥见他那白皙肌肉的内侧，企图瞄准不远处肌肉被撕裂时，从缝隙中迸发出来的热血，更加迅猛地朝四处流

---

① 恩底弥昂，希腊神话中的美男子。月亮女神塞勒涅和他相爱，在女神的祈愿下，为永葆青春而沉眠不醒。

淌。像这种热血强烈的欲望,她们怎么可能听不到呢?

他不是薄命,也绝不是薄命。他原本属于最傲慢最可咒的人,也可以说是个显贵的人。比如,就算是正在接吻中,生活中的死苦①也不知多少次从他的眉宇间掠过。

他自己也朦胧地预感到,前方等待他的,只有殉教。正是这种悲惨命运的象征才让他脱离了凡俗。

据说,那天早上,塞巴斯蒂安迫于军务繁忙,黎明时分便起床了。拂晓时分他做了一个梦——不吉祥的喜鹊聚在他的胸口,用扑打着的翅膀封住了他的嘴——这个梦依旧留存在枕边,长时间挥散不去。他每夜栖身的简陋被窝,每夜散发着一股被冲上海岸的海草的芬芳气味,诱使他进入大海的梦境。他立于窗边,一边穿着不断嚓嚓作响的铠甲,一边看着远处围绕在神殿的森林上空的星座沉落的景象。他远眺异常壮丽的神殿,眉宇间浮现出最符合他的、近乎痛苦的轻蔑表情。他呼唤着唯一的神的名字,低吟着两三句可怕的圣语。于是,从神殿方向,从分隔星空的圆柱行列附近,传来剧烈地响彻四方的呻吟声,像是将他那微弱的声音放大了数万倍后又送回来的回声。那是响彻星空,好像某种异常堆积物崩塌的声音。他笑了笑,然后垂下眼睛,瞧了一眼这群姑娘。她们像往常一样,为了晨祷,每个人手里捧着还未开放

---

① 佛语,一说"四苦",即生、老、病、死。

的百合花,悄悄地走向他的住所……

那是初中二年级时的一个隆冬。我们习惯穿长裤或直呼对方的名字(小学时期,老师要求我们在互相称呼的时候一定要加一个"君"字,就算是盛夏,也不能穿露膝的短袜子。我们终于穿上了长裤,这最初的喜悦源自我们终于不要用紧绷绷的袜口勒着大腿了),习惯于捉弄老师的不良风气,习惯于在茶馆请客的欢聚,还有围绕在校园树林奔跑的游戏以及宿舍的生活。只是,唯独我不了解寄宿生活。这是由于谨慎从事的父母,以我体弱多病为借口,请求校方免除了我初中一二年级几乎强制性的寄宿生活。说到底,最主要的一个原因,那就是害怕我会因寄宿而学坏。

走读的学生很少。在二年级的最后一个学期,这伙人中加入了一个新伙伴。他叫近江。近江由于粗暴的行为,被撵出了集体宿舍。以前,我一直没怎么注意他,可是因为这种驱逐的方式给他贴上所谓"不良少年"的标签之后,我的视线便无法从他的身上挪开了。

一个心地纯良的小胖子同学大口喘着气,露出脸上的酒窝,朝我的方向跑过来。此时,他一定得知了什么秘密消息。

"我有好事要跟你讲!"

我从暖气旁离开。

我和这位心地纯良的朋友来到走廊,靠在能够看见寒风乱舞的射箭练习场的窗子边。这个地方通常是我们密谈的地点。

"近江……"朋友脸都涨红了,像是难以启齿。这位少年上小学五年级时,大家一提起"那种事",他便会立即否认,进行辩解:"那种事绝对是瞎说,因为我知道得很清楚。"听到朋友的父亲患中风,他告诫我说:"中风属于传染病,最好还是离他远一点。"

"近江怎么了?"我在家里的时候依旧轻声细语,像个女孩儿,但是我一到学校就满嘴粗话。

"这是真的,近江这家伙,听说是个'有过那种经验的人'呢。"

很可能有这事。近江已经留级两三次。他骨骼清秀,脸庞的轮廓散发出超越我们某种特有的青春光彩。他生性清高,蔑视一切。在他的眼中,不值得轻蔑的东西根本不存在。优秀学生有优秀学生该做的事,教师有教师该做的事,警察有警察该做的事,大学生有大学生该做的事,公司职员有公司职员该做的事,就算他投以轻蔑的目光,同样毫无办法。

"啊?"

不知是怎么了,我忽然联想到近江军训时那英俊的身姿。他因为修理军事教练用的手枪时灵巧出色的表现,得到了教练和体操老师破格爱护与优待。

"所以啊……所以嘛……"朋友露出那种只有中学生才能明白的淫荡的窃喜。"听说那家伙的那玩意特别大。下次玩'低级游戏'时,你摸一下就清楚了。"

——所谓的"低级游戏",就是在该校初中的一二年级中长期传播的传统游戏,似乎真正的游戏就应该是这样。实际上,与其说是游戏,倒不如说更像是疾病。大中午,在众目睽睽之下玩这样的游戏:一人呆立在那,另外一人快速从一旁靠近他,出其不意地伸过手去。在巧妙地抓住以后,胜利者便会向远处逃去,接着开始捶捶打打。

"好大呀。A的那个家伙,好大呀。"

这样的游戏,会引发某种冲动,受害者就会扔掉夹在腋下的教科书或者其他别的东西,用双手把被袭击的地方护住。他们的乐趣,只不过是为了看到受害者露出的那一副狼狈模样而已。当然,严谨地说,他们会从欢笑中获得解放,发觉自己的羞耻心与受害者绯红的脸颊有着共同的羞耻,通过爽朗的欢笑声,从嘲笑他人中获得满足感。

受害者异口同声地喊道:

"啊,B这个家伙,真低级。"

于是,周围的啦啦队就会随声附和:

"啊,B这个家伙,真低级。"

——近江是这种游戏的高手。他迅速攻击,大都以成功告终。他的本领是,一上场就引起大家的注意,默默地等待着他的攻击。其实，他也屡次受到受害者的报复。只是没人能报复成功。他走路的时候总是将手插到裤兜里，遇到伏兵袭击时，他就用插在裤兜里的手和外面的另外一只手，瞬间筑起双重盔甲。

那朋友的话，在我的内心种下了某种好像毒草般的想法。以前，我也和别的伙伴一样，带着极为天真无邪的心情，参与这种"低级游戏"。但是，那朋友的话，使我无意识严格辨别的那种"恶习"——我独自一人的生活——与这种游戏——我共同的生活——难以回避地联系在一起。其他天真烂漫的朋友无法理解他的"你摸摸看"这句话的特殊含义，不管接受与否，突然装进了我的心里。

从那之后，我就从那种"低级游戏"之中退出来了。我害怕我袭击近江的一刹那，更害怕近江袭击我的那一刹那。一旦出现游戏爆发的迹象（实际上，这种游戏的突发情形犹如暴动或者叛乱，会毫无征兆地发生），我避开人群，只是从远处眼睛一眨不眨地盯着近江的身影。

虽然是这样，从我们意识到这一点之前，近江就开始影响我们了。

例如穿袜子。当时，面向军人的教育已经侵蚀我的学校。著名的江木将军"朴实健康"的遗训被重新提上教程，好看的袜子和围巾都被禁止穿戴。规定禁止戴围巾，只能穿白色衬衫，黑色袜子，最起码是一色的。可是，只有近江，从来不缺白绸子围巾和鲜艳图案的袜子。

这个禁令的第一个叛逆者,他是个老滑头,他能够将他的不良冠以"叛逆"的美名。少年们对叛逆美学是多么陌生呀!但是,他却看清了它。在亲密的教练老师的面前——这个老农下士官简直就像近江的小兄弟——他刻意慢悠悠地围上白绸围巾,而且还效仿拿破仑,将带金扣的大衣衣领左右打开,展示给这位教练老师看。

但是,群愚的叛逆,在任何场合都只是小里小气的模仿而已。如有可能,就尽可能避开其危险的后果,只想品味叛逆的美味。我们只从近江的叛逆中,抄袭到了漂亮的袜子这一点。我也是如此。

早上,一到学校,上课之前的教室很吵闹。我们不坐在椅子上,而是坐在书桌上开始闲聊。如果有人穿了新花样的漂亮袜子来到学校,就会很优雅地提着裤线坐在书桌上。此时,大家的目光便会十分敏锐,立马报以赞叹声。

"啊,好刺眼的袜子呀!"

——除了"刺眼"这个词,我们不知道还有什么更好的赞美之词。不过,如此说来,不管是说的人还是被说的人,都会想起近江那只有在集合时才会流露出来的傲慢的眼神。

雪过天晴的一个早上,我很早就赶到学校来了。因为朋友们昨天打来电话,说明天早上咱们打雪仗吧。我属于那种只要明天有什么期待的事,头天晚上就睡不着的性格。因此,第二天一早,不管时间早晚,醒了就去学校了。

积雪厚到足以将鞋子埋没,太阳刚刚出来还未完全出来的时候,景色由于雪的原因显得凄凄惨惨,一点都不美。街景看上去就好像裹着伤口的脏绷带一样。街景的美,只能是伤口的美。

马上要到学校前边的车站,我从空荡荡的国营电车的车窗,看到工厂街对面太阳冉冉升起的景色。风景充满一派喜悦之色。不吉地耸立着的烟囱群,还有那昏暗起伏的单一的石棉瓦屋顶,在旭日的照耀下,映射着雪的假面,震颤在这种假面的阴影中。这幅雪景的假面剧,往往容易上演革命性或者悲剧性的事件。由于雪的反光,行人那苍白的脸色,不知怎么也会使人想到那些挑夫。

我在学校前的车站下车时,听到车站旁边的运输公司办公室屋顶上的融雪滴落的声音。不禁让人感觉好像光落下来一般。鞋底带来的泥土,在水泥地面抹上了一层虚假的泥泞。那光一面不断地叫唤着,投身坠死。一束光,阴差阳错地投落在我的脖颈上……

校门内还未出现任何人的脚印。物品寄存室的房间也上着锁。

我将一楼二年级教室的窗户打开,眺望森林的雪景。森林的斜坡上有一条从学校后门上到这所校舍的小路。印在雪地上的脚印也显现在小路上,一直抵达窗户下面。脚印在窗边又折了回去，消失在左侧斜面看来是科学教室楼后方的地方。

有人早已到过这里了。这个人肯定是从后门登上小路来的。他从教室的窗口望了望，发现没人来，就一个人到科学教室的后边去了。走读生一般都不从后门来上学，近江是少数人之一，听说他从女人家来上学。但是，平日里不到集合的时候，他是不会出现的呀。不是他，又会是谁呢？这大大的脚印，只有他才有。

我从窗口探出身子，定睛仔细看了看那鞋印处生机勃勃的黑土颜色。看上去，那脚印是坚定且充满力量的。我被一股难以形容的神秘力量吸引，把我引到那鞋印上面。我甚至想颠倒身体，落到地上，将自己的脸埋进那鞋印之中。但是，我迟钝的运动神经，像前面提到过的，只利于我的保身。于是我把书包放到桌上，然后慢腾腾地爬向窗台。制服胸前的暗扣，被压在石头窗台上，摩擦着我虚弱的肋骨，那儿感觉到一股夹杂着悲哀和甜美的疼痛感。我翻越窗户跳到雪地上的时候，这种轻微的疼痛，使我的内心充满愉快且紧张的感觉，同时充满着战栗般的危险情绪。我把自己的防雨套鞋轻轻地贴到那个鞋印上。

看起来非常大的鞋印，和我的套鞋差不多大小。我忘了当时这个脚印的主人很有可能也穿着当时流行于我们之间的防雨套鞋呢。这样来看的话，这个脚印似乎不是近江的——

虽然追寻黑色的脚印，我当前的期盼可能会被辜负，但是不知出于何种原因，就连这种不安的期盼都吸引着我。近江在这种情况下，只是属于我的期盼中的其中一部分而已。对于先我而到，并且将脚印留在雪地上的人，我对其抱有一种遭受侵犯后未知的报复，这种复仇的憧憬紧紧地揪住了我。

我气喘吁吁地追寻着鞋印。

犹如踩在庭院的一块块踏脚石上，有些地方是黢黑且光滑的土地，有些地方是已经干枯的草坪，有些地方是肮脏的硬雪，有些地方是石板地，我顺着脚印往下走。于是，不知不觉中，我发觉自己的步伐居然变得跟近江的大步子一模一样。

走过科学教室后边的背阴处，我来到了开阔的体育场前面的高台上面。三百米的椭圆形跑道与很多绕跑道起伏的场地，也全都被晶莹的积雪所覆盖。运动场的一角，两棵巨大的山毛榉紧紧地挨在一起，在旭日的照耀下拖着长长的影子，给雪景增添了某种明朗的谬误的意义——即便侵犯伟大也在所不惜。大树经过地面上雪的反射，以及在侧面的朝阳的照耀之下，带着塑料制品般的精致，高耸在冬日的蓝天下。金砂似的雪花，偶尔从枯萎的树梢以及树干的分叉上飘落下来。排列在体育场对面的一栋栋少年宿舍，以及与它紧挨着的杂木林，纹丝不动地继续沉睡，寂静到以至于连那微弱的声音也会引起广袤的回声。

我因这大片的耀眼的景象，一时什么也没看见。雪景从某种意义上可以称为新鲜的废墟。只有古代废墟才有的一望无际的光线和辉耀，现在落在了这虚假的丧失上。如此一来，在离废墟的一角大约五米宽的跑道的积雪上面，写着巨大的文字。最后的那个大圈，原来写的是一个"O"字，对面写的是个"M"字，远处正在描画着一个横向的既长又大的"I"字。

原来是近江。我根据足迹追踪到"O"，从"O"再找到"M"，在"M"处我发现了近江的身影，他将头埋在洁白的围巾之中，双手插在大衣口袋之中，不时将头低下来，脚上穿着防雨套鞋，在雪地上来回蹭着。他的影子与运动场上的榉树的影子相平行，旁若无人地在雪地上尽情延伸开来。

我觉得脸上一阵发热，戴着手套将雪揉成一个雪球。

雪球被我扔了出去，但并未击中他。但是，写完"I"字的他，无意间将视线投向了我这里。

"喂！"

我虽然担心近江大概会露出不悦的神色，但还是被一股莫名的热情所驱使，刚听到呼喊，便从陡坡高处跑了下来。让我意想不到的是，他居然用充满力量的亲切的声音向我呼喊：

"喂，注意不要踩到字哟。"

诚然，今早的他，与平时的他不一样。平日里，他回到家，也绝不做课外作业，将课本放在储物柜里就不再理会了。他双手插在大衣兜里就到学校去了，抵达学校后灵活地脱下大衣，正好赶在钟点敲响的时候加入集合的队尾，他早已将这当成了一种习惯。唯独今天早上，他不但独自一人打发着时间，而且还用他那特有的亲切、粗鲁的笑脸来迎接我（平时他把我当作小孩子，正眼都不看我一眼）。这是怎么回事呢？我多么渴望看到他这张笑脸和整齐洁白的牙齿呀！

但是，随着这张脸靠近，并清晰可见后，我的心全然忘记了他刚才呼喊"喂"时的那股子热情，被无法自容的畏惧所紧闭。这是由于理解阻碍了我。他的笑脸，像是为了掩饰"被理解"这个弱点，与其说对我造成了伤害，倒不如说是伤害了我所一直描绘的他的影像。

看到他写在雪地上的巨大的名字 OMI 的一瞬间，连他孤独的各个角落，我都半无意识地了解了。包括像他这样一大早便来到学校的目的，以及连他自己也未必能够深刻了解到的实质性的目的。如果现在我的偶像站在我的面前卑微地辩解："我是为了打雪仗才早早来的"，那样的话比起他所丧失的自尊，我倒会觉得将有样重要的东西从我心中消失。我很焦虑，觉得必须由我先开口。

"今天打雪仗不行呀！"我终于开口讲道，"本以为雪会下得更大些呢。"

"嗯。"

_047

他满脸不悦,脸颊的轮廓变得僵硬起来,恢复了对我的轻蔑与鄙夷。他想努力将我看作小孩子,双眼又闪耀着憎恶之光。他写在雪地上的文字,我一句话也没问,他内心的某个角落曾对此表示感谢。然而,他想要抗拒此种感谢的痛苦吸引了我。

"哼,看看你戴的手套,就像小孩子的东西嘛。"

"毛线手套大人们也会戴呀。"

"真可怜,你大概不知道戴皮手套的感觉吧……你看看!"

他忽然将被雪打湿了的皮手套,捂住了我滚烫的脸颊。我躲开身子,那新鲜的肉感,像烙印一般留在我的脸颊上。我感觉自己正用极为清澈的目光注视着他。

……从此时开始,我爱上了近江。

如果这种粗俗的说法能被原谅,那么对我来说,这是我有生以来的第一次恋爱。而且,这明摆着是与肉体的欲望关联在一起的爱。

我焦急地等待着夏天的到来,就算只是初夏。我感觉这个季节会让我有机会见到他的裸体。我的内心深处还抱着更加见不得人的欲望,那就是想看看他那个"大家伙"的欲望。

在我的记忆之中,两种手套仿佛电话串线了一般。这副皮手套与下面说的举行仪式时用的白手套,不知哪一种是真实的记忆,哪一种是虚无的记忆。可能皮手套与他那粗野的容貌更般配,可能正是由于他那粗野的容貌,才合适戴白手套。

粗野的容貌,给人所产生的印象,只是混杂在少年中一张常见的年轻人的脸。他的骨骼粗壮,但是个头比我们之中个头最高的学生要矮上许多。只因为我们学校的制服,像海军士官的军服一样威严。穿在未成年人的身体上,感觉很不合体,只有近江一个人穿起来,那制服才会有充实的重量感和一种肉感。按理说应该不止我一个人是用充满嫉妒和爱的眼光,来凝视从他那深蓝色哔叽制服上可以窥见的肩膀和胸部肌肉的。

他的脸上总是浮现着某种可称作阴暗的优越感。这大多数是因多次受到伤害而燃烧起来的东西。留级、开除……这些悲惨的命运,似乎被他认定为一种受挫折的意志的象征。是怎样的意志呢?我能朦朦胧胧地想象,他"罪恶"的灵魂肯定存在着庞大的阴谋。而且,这一定是连我自己都还未能认识到的大阴谋。

总之,他那浅黑色的圆脸颊,耸立着傲慢的颧骨,造型漂亮、厚实、不怎么高的鼻子下边,搭配着仿佛用线牵起的嘴唇和结实的下巴。从他的脸上,使人感受到充满全身的流动的血液。那里有的,只是一个野蛮的灵魂的外衣。谁能从他那里看到他的"内心"呢?我们对他的期待,只是我们遗忘在遥远过去的那个未知的完整的模型。

有时会心血来潮，他会来偷看我正在读的、不符合我这个年纪的深奥的书。我大都以暧昧的微笑将我的书藏起来。这并非出自羞耻。因为，这一切预测的东西，都会令我感到难过。诸如：他喜欢书籍；他笨手笨脚；他厌恶自己无意识的完整性。我不忍这个渔民忘却故乡爱奥尼亚①。

不管是在课堂上，还是在运动场上，我不断追寻着他的身影，最终塑造出他那完美无瑕的幻影。我从记忆里他的影像中找不出任何缺点，可能就是这个原因。这种由若干缺陷的小说式的叙述，将人物不可缺少的某种特性和某种可爱的脾气，通过对比提炼加工，让这个人物看上去有血有肉。不过，从记忆中的近江身上是找不出一丝这样的缺点的。另一方面，我却能够从近江身上找出其他别的东西。那就是他身上的无限多样性和微妙的神韵。这些普通生命完整性的定义，他的脸颊、他的颧骨、他的嘴巴、他的下巴、他的脖子、他的喉咙、他的气色、他的肤色、他的力量、他的脸膛、他的手，还有别的无数的东西。总之，我都从他的身上找寻出来了。

以此为基础，进行筛选淘汰，最终完成一种嗜好的体系。

---

① 爱奥尼亚，古代地理名称。位于小亚细亚沿岸，属于古希腊爱奥尼亚人定居之处。

因为他的缘故，我不想爱有智慧的人。因为他的缘故，我不被那戴着眼镜的同性所吸引。最后，我开始爱上力量、充溢着血的印象、无知、粗鲁的手势、粗鄙的语言，以及一切丝毫不让理智侵蚀肉体所拥有的野蛮的忧郁，也是因为他的缘故。

然而，于我而言，这种令人讨厌的嗜好，从最开始在逻辑上便包含着不可能。大概没有比肉体的冲动更合乎逻辑的东西了。一旦有了理智的理解，我的欲望立刻就萎缩了。就连对方发觉的丝毫理智，也会使我被迫做出理性的价值判断。在爱的相互作用下，对对方提出的要求，同样也应该成为对自己的要求。所以，祈求对方无知的心，要求我彻底地"背叛理性"，就算是暂时性的也好。不管怎样，这都是不可能的。于是，我时刻提醒自己，绝不与未被理智侵犯的肉体的拥有者，即赌徒、船夫、士兵、渔夫等交谈。只能用热烈的冷淡，距离远远地凝视他们。可能只有语言不通的热带蛮荒之地，才是最适合我居住的吧。这样来看，我对荒蛮之地热浪翻滚的酷夏的憧憬，早在幼年时代就已植根于我的心中……

现在来谈谈白手套的事。

每当学校举行仪式的那段时间里，我去上学时习惯戴白手套。贝壳纽扣在手腕上闪放着沉郁的光，手背上缝着冥日遐想般的三条线，只要戴上这白手套，便会让人想起举行仪式时晦暗的礼堂，即将放学回家时收到的小盒的盐渍点心，以及在半路上发出明朗的声音去打破肃静的晴空万里的仪式日的印象。

这属于冬天的节日，准确地来讲是纪元节。那日清早，近江少有的一大早便来到了学校。

离集会还有一段时间。赶走在校舍旁的浪桥上待着的一年级的同学，这是二年级同学的冷酷的娱乐。表面上，那些二年级同学明显看不起浪桥上的这类小孩游戏，但他们的内心却又对这一类游戏依依不舍。他们强行赶走一年级的同学，事实上也并不是真心想玩这种游戏，只是半讥讽地假装在玩，耍一下威风罢了。远处一年级的学生正围成一个圈，远远地注视着二年级的学生，二年级的学生意识到有人正在观看这场比赛。那是相互使对手从适度摇晃的浪桥上摔落下来的竞赛。

近江两脚站在浪桥的正中间，他的姿势简直就像被追到穷途末路的刺客，不断地注意着新的敌人。同班同学全都敌不过他。已经有不少人跳到浪桥上，全都被他用敏捷的双手给打倒了，踩碎了一地在旭日下闪闪发光的霜柱。每当这个时候，近江就像一名拳击手，将戴着白手套的双手握紧，举到与额头并排着的地方，格外吸引人。一年级的学生甚至全然忘记了被近江赶走这件事，一起为他欢呼喝彩起来。

我的目光一刻也没离开过他的白手套。那白手套精悍而又奇妙地舞动着。他的手好像狼或者其他小兽的爪子,像箭翎不时划破冬日清晨的空气,劈向敌人的侧腹。被击落的对手,腰部撞到了霜柱上面。将对手击落的那一瞬间,近江为了调整倾斜的身体的重心,在结着一层白霜的容易滑落的圆木上,时而也会显露出痛苦挣扎的样子。不过,他所拥有的柔软的腰身,让他又恢复了那刺客般的姿势。

浪桥毫无表情地、平稳地左右晃动。

看着看着,我突然被一股不安的情绪袭击了。那是一种坐立不安的令人难解的不安。仿佛是浪桥的摇晃所带来的眩晕,实际上并非如此。可以说,这是属于精神方面的眩晕,可能是因为我心底的平衡因看到他那危险的一举一动而被打破所带来的不安吧。在这目眩中,仍有两种力量在抗衡。其中一种是自卫的力量,另外一种则是更加深邃的、更加强大的、想要瓦解我内心平衡的力量。后者常常不为人们发现就委身于它的某种微妙且又隐秘的自杀的冲动。

"什么呀,全是胆小鬼!没有敢上来的人了吧?"

近江站立在浪桥上,左右轻轻地摇晃着身体,戴着白手套的双手叉在腰间。帽上的镀金徽章在朝阳的照耀下闪闪发光。他的这种美是我从未见到过的。

"我来。"

剧烈的心跳,精确地预测到我将那样说出的瞬间。我屈服于欲望的瞬间,总是如此。我走向那个地方,就站在那个地方。对我而言，这是无法避免的行为，更是预先安排的行为。直到后年，我仍旧误以为自己是一个"有意志的人"。

"还是算了吧。你一定会输的。"

我在一片嘲弄的欢声中，从一头走向浪桥。刚迈到浪桥上，险些滑倒，引发大家又一阵哄笑。

近江面带滑稽的表情迎了上来。他用力扮着鬼脸，模仿我滑稽的动作。并且抖动着戴着手套的手嘲弄我。在我看来，这手指就像马上要刺向我的危险的武器——刀尖。

我的白手套与他的白手套，多次碰撞在一起。每碰撞一次，我都会被他手掌的力量所推动，身体开始倾斜。难道他是想尽情地耍弄我？我看得出是他故意不用力，不让我失败得过早。

"哎呀，危险！你实在太厉害了。我败给你了，差点要掉下去了……你看！"

他又伸出舌头，装出要掉下去的样子给我看。

看着他这副滑稽的表情，我觉得他在不知不觉地损坏自身的美。这对我来说，是无法忍受的痛苦。他步步紧逼，我垂下了眼帘。他趁着这个机会，伸出右手用力扒拉了我一把。为了防止自己整个掉下去，我的右手条件反射地紧紧抓住了他右手的手指。我确确实实地感觉到握住了他被白手套紧箍着的手指。

那一瞬间，我的眼神与他的眼神交汇了。确实是一瞬间，他的脸上不再有滑稽的表情，一下子充满了奇怪的直率表情。一种既非敌意，也非憎恶的、纯粹且激烈的东西迸发了出来。可能是我想多了，可能是被攥住手指、身体失去平衡的一刹那暴露出的虚无的表情吧。可是，当两人的手指缝交织在一起产生的闪电般颤抖的力量时，我感到近江透过我凝视着他的一刹那的眼神中读到了我对他的爱——只爱他一个人。

两人差不多同时从浪桥上掉落下来。

有人将我搀扶了起来，搀扶我起来的人正是近江。他粗鲁地拽着我的胳膊，将我拽了起来，一声不吭地掸掉了我衣服上的泥土。他的胳膊肘上和手套上面，沾满了白霜闪亮的泥巴。

我责备般地抬头看着他，他拽着我的手离开了。

我的学校从小学时代开始，同学都是手拉手肩并肩，这种亲切是十分自然的。那时候，当听到集合的哨声时，大家急急忙忙地赶往操场。我与近江一块摔倒的事，也只是厌烦了游戏的结局而已。我与近江手拉手走路，按理说也并非特别引人注目的景象。

不过，靠在他的肩膀上行走，我感到无比的喜悦。可能是由于天生软弱，我所有的喜悦中都伴随着不祥的预感。我感受到他臂膀的强劲，仿佛通过我的胳膊感应到我的全身。我多么希望能这样一起走向世界的尽头呀！

_055

可是,一来到集合的操场,他便立即甩开我的肩膀,站到自己队列的位置上了。之后再也没有回头看我一眼。举行仪式的过程中,我不知道多少次将自己手套上沾着的脏泥巴,与隔着四人站在那里的近江的白手套上沾着的泥巴进行对比。

我对近江无缘无故的爱慕之心,没有加以有意识的批判,更别提是道德的批判了。要是集中意识,我早就不在那里了。如果有一种不具有持续和进行式的恋爱,那我这种情况就是一个。我看近江的目光,老是"最初的一瞥",换句话说,是"混沌初开的一瞥"。无意识的操作与此相关,我试图在不断侵蚀的作用之下,守护住我十五岁的纯洁。

这莫非就是恋爱吗?猛地一看好像维持着纯粹的形式,之后经过多次反复推敲后,这种恋爱也拥有了它特有的堕落与颓废。这是一种与世俗之爱的堕落相比更加邪恶的堕落。颓废的纯真,在世界上所有的颓废里,也是性质最恶劣的颓废。

可是,我单恋近江的行为,属于我人生中的初恋,我就像一只将天真烂漫的肉欲隐藏在翅膀底下的小鸟。使我困惑的,并非得到的欲望,而只是纯粹的"诱惑"本身。

最起码在校期间,特别是在无聊的课堂上,我的视线难以离开他的侧脸。我不明白,所谓爱到底是追求还是被追求?对我一个满不在乎的人来讲,除此之外,还能做些什么呢？爱之于我，只是将一个小谜语的问答，当成是谜语来互相交流而已。我的一腔倾慕之心，连以什么样的形式被回报都未曾想过。

有一天，我得了不是很严重的感冒，也请假在家。这一天正好是升入三年级的学生做首次春季体检的日子，一直到第二天上学前我都没想起。体检那天请假的两三个人都去了医务室，我也跟着去了。

在阳光充足的房间里，煤气炉若有似无地摇晃着蓝色的火焰。屋里充满了消毒水的味道。少年们赤裸的身体总是在那里拥来挤去，然到处散发着体检时所独有的、如同煮过的甜奶似的、粉红色的味道。我们三人虽然感觉凉风阵阵，但依旧默默地脱下了衬衫。

一个跟我一样老是感冒的瘦弱少年，站到了磅秤上。看到他那长满汗毛的白皙丑陋的脊背时，突然勾起了我的回忆。我想要看近江的裸体，那愿望是如此的强烈。我真是蠢笨，竟然没想到恰好可以利用体检这个绝佳的机会。现在既然已经错失良机，便只能毫无指望地等候下一个时机。

我的脸色煞白。因为我感觉到我赤裸的身体上那让人扫兴的鸡皮疙瘩，散发着一种类似寒冷的后悔。我眼神呆滞，迷惘地来回揉蹭着自己那两只纤细的胳膊上可怜的牛痘痕迹。喊到我的名字了。磅秤看上去就像绞刑架一样，马上就要宣布我的刑罚时刻。

"39.5公斤！"

一个当过护士兵的助手这样告诉了校医。

"39.5公斤，"校医一边在病例上做着登记，一边自说自话地讲道，"最起码也要有40公斤呀！"

每次检查身体，我都会遭受这样的屈辱。我今天之所以有些放心，是因为我的心中有这样一种安心感——近江并未在旁边看着我的屈辱。那一刹那，这样的安心感甚至转变成一种喜悦……

"好了。下一个。"

助手狠狠地推了我的肩膀，我并未像以往那般回敬他厌恶的、凶狠的眼神。

然而，我的初恋将以怎样的形式结束呢？尽管是模糊的，但我也预料到一点儿。这种预料所带来的不安，也许是我快乐的核心。

初夏的一天，像是夏日里制作服装样板的一天，或者可以说是夏日里的舞台排练的一天。夏之先驱总是在这一天，前来查看人们的衣柜，为了万无一失迎接真正的夏日的来临。这项检查通过的标志，便是人们会尽可能在这一天外出的时候穿上夏天的衬衫。

虽然天气炎热，但我还是得了感冒，并且还患上了支气管炎。为了可以在做操时能"参观"（不参与做体操，只是在旁边观看），我和闹肚子的同学一块到医务室去开了一张必要的诊断书。

回来的路上，我们两人朝着操场的大楼，慢悠悠地走去。因为只需要说去了医务室，便能够将其当作光明正大的借口。还有就是，我们想要尽量缩短只是观看、让人厌烦的体操课。

"真的好热呀！"

我将制服的上衣脱了下来。

"可以吗，本来就感冒了还将上衣脱掉。当心会要你去做体操的呀。"

我慌忙穿上了外衣。

"我是闹肚子，关系不大。"

相反，这位同学故意脱下了上衣。

到达这个地方后，看到操场上的墙钉上挂有夹克，甚至还有人将衬衫也脱下挂在上面。我们班上一共有三十人，全都聚集在操场对面的单杠周围。在阴雨天里，户外的沙场和草坪的单杠附近，以操场为背景，呈现出一派烈焰般的明亮。我因为天生体弱多病，总是有点自卑。我一边剧烈地咳嗽着，一边朝单杠走去。

外貌平平的体操老师从我手里接过诊断书，都没有仔细看一眼，便讲道：

"过来，做引体向上！近江，你过来示范给大家看一下。"

我听到同学们都在七嘴八舌地喊着近江的名字。做体操时，他常常偷偷跑掉，不知道在做些什么，这次他静静地从树叶闪闪发亮的绿树荫下，懒散地出现了。

我一看到他，心里不禁开始激动。他脱下衬衫，只穿了一件洁白的背心。他那微黑的肤色，将素白的背心衬托得分外洁净。那是一种在很远都能闻到的芳香白。轮廓分明的胸脯和两只乳头，宛如石膏浮雕。

"是做引体向上的动作吗？"

他生硬又充满自信地询问老师。

"唔，没错。"

于是，近江带着一副往往只有体格健壮者才会表现出来的那种傲慢且散漫的样子，慢悠悠地走向沙地。伸出手臂将地上的湿沙子涂满手掌，然后站起来，双手用力地摩擦了几下，便将目光转移到了头上的单杠上面。他的眼神里闪现出一种渎神者的决心将。隐隐约约投落在他眼眸中的五月的云朵和蓝天，藏在了轻蔑的冰冷之中。他纵身跃起，两只非常适合用来做锚形文身的胳膊，立马将他的躯体吊在单杠上。

"嚯！"

同学们的赞叹声，回荡在操场上。每个人的心里都明白，这并不是在赞叹他的力气大，而是在赞叹青春、生命和优越。从他裸露的腋窝下可以看到茂盛的腋毛，让他们感到十分惊奇。长得这样浓密，甚至让人觉得好像大可不必。可以说，如同夏草丛般的茂盛腋毛对于少年们来讲可能是第一次看到。腋毛密布在近江那深深凹陷的腋窝里，就连胸脯的两边也都是毛茸茸的，就好像夏天的杂草长满了庭院但还是觉得不够，还要继续往台阶上蔓延一样。这两处黑色的草丛，沐浴着阳光，散发出光泽，光洁可爱，将他周围的皮肤衬托得像白色沙地一样剔透。

他的两只胳膊坚实而胀起，肩膀上的肌肉仿佛夏天的云朵，他腋窝下的草丛被遮盖在阴影中看不到了，高高挺起的胸脯与单杠摩擦，微妙地颤抖着。就这样，他重复做了好几个引体向上的动作。

生命力，众多的生命力，征服了少年们。生命之中过分的感受，暴力性的、简直只有生命本身才能说明的无目的的感受，这种不愉快的冷漠的充溢，将他们压倒了。一个生命，在近江尚未开始察觉的情况下偷偷地潜进了他的身体之中，占领他，突破他，从他体内溢出，只要有机会就想凌驾于他。在这一方面，生命这种东西和疾病很像。他那被粗鲁的生命侵蚀过的肉体，不惧传染，只为了疯狂般的献身，才置于这人世间。在惧怕传染的人看来，他的肉体自然是作为一个责难的反映……少年们畏缩不前。

尽管我也是如此，但并非完全一样。于我而言（这件事足够使我面红耳赤），我在看到他那丛生的腋毛的一刹那，便erectio[①]了。我因为穿着春秋西裤，不禁担心是否会被人发现。即使没有这种焦虑，此时占据我心底的感觉，不完全是纯粹的快乐。也许这就是我最想看到的东西吧。可是，看到它所引起的冲动，反倒发掘出另一种意想不到的感情。

那是嫉妒……

我听到近江的身体扑通一声落地的声音，就像完成了某种崇高的工作的人一样。我闭上眼睛，轻轻地摇头。我对自己说，我已经不爱近江了。

这是嫉妒，这是强烈的嫉妒，因此我斩断了对近江的爱。

从此刻开始，可能此事包含着这种要求——我的内心萌发出自我斯巴达式训练法的要求（我写这本书已经属于这种要求的一个显现）。幼年时期虚弱的身体和溺爱，让我成为一个不敢正面看人家脸的孩子。对于小时候的我来说，就信奉这样一个准则，即"必须变得强壮"。我在往返的电车上，开始不加区别地直勾勾地盯着乘客的脸，在这种注视中找到了训练法。大部分乘客被这样一个纤弱苍白的少年盯着看，并不怎么害怕，只是厌烦地背过脸去。几乎没有人会回看我一眼。只要对方转过脸去了，我就感觉自己胜利了。如此一来，我逐渐可以从正面看人家的脸了……

坚信已经放弃爱的我，暂时忘却了自己的爱。猛地一看

---

① 拉丁语，勃起。

很是粗心。爱的至高无上的象征就是erectio，已被我忘却。erectio其实是在不自觉中发生的，永恒的。我自己一个人的时候，形成的这种"恶习"，也是不自觉进行的，永恒的。有关性的知识，我虽然已经掌握了一般的知识，但我还没有为差别感而苦恼。

话虽如此，但我并不相信放纵自己常规的欲望是正常的、正统的，也并不相信同学中某人抱有和我同样的欲望。让人惊讶的是，我因沉迷于阅读浪漫的故事，简直就像一个不谙世事的少女，将所有娴雅的梦都寄托到了男女的爱恋和结婚这些事情上。我对近江的爱，全部扔到废弃的谜语垃圾之中，也没深究其中意味。现如今我写"爱"和"恋"，也并非我亲身感受过的。我连做梦都不曾想过这样的欲望居然会与我的"人生"产生重大的牵扯。

尽管如此，直感在要求我的孤独。这是一种莫名的异常不安——从幼年时期起，我就有着强烈的长大成人的不安，这已在前面叙述过——表现出来。我的成长感，总是伴随着异样的剧烈不安。那个时期，我发育迅速，每年裤子都需要改长，因此在做裤子时都要将裤脚缝进去一大截。无论在哪个家庭都是常有的事，我用铅笔在自家柱子上标记我的身高。这样的事，我总是当着家人的面在家中的饭厅做。每次只要长高点，家人就会拿我开玩笑，纯粹地开心一下子。我强颜欢笑。但是，一想到长成大人，我就预感到某种可怕的危险。关于未来,我感到漠然不安,一方面提高了我脱离现实的梦想能力,同时也驱使我从那样的梦想中逃脱出来,向"恶习"奔去。不安本身承认了这一点。

"你肯定活不过二十岁!"

同学们看到我虚弱的样子,便这样嘲弄道。

"你说得太严重了。"

我抽搐着脸部,苦笑了一下,却神奇地从这个预言中感受到了甜美而伤感的沉溺。

"咱们要不要打赌?"

"要是这样,我只能赌我活了。"我回答道,"如果你赌的是我死的话。"

"是的,真够可怜的啊,你要输的啊!"

同学带着少年的残酷,这样重复道。

不仅我一个人这样,同年级的同学都是这样的。但是,我们的腋窝下还见不到像近江那样浓密的东西,只有一点像细草新芽般的东西。在此之前,我并未特地注意过这部分。将它作为我固定的观念的,显然是近江的腋窝。

洗澡时,我开始长时间立于镜子前。镜子毫不留情地映照着我的裸体。我仿佛一只深信自己长大后也能够成为白天鹅的丑小鸭。这与那英雄式的童话主题正好相反。我盼望有一天我的肩膀也会像近江的肩膀那样,我的胸脯也会像近江的胸脯那样,我满心期待,看着眼前镜子中我的肩膀、我单薄的胸脯和近江的一点儿也不像。我内心的每一个角落，留存着一种如临深渊般的不安感。与其说这是一种不安，倒不如说是一种自虐式的坚信，一种带有神谕味道的确信——"我绝不可能像近江"。

　　元禄时代的浮世绘，经常将相爱男女的样貌描画得极其相似。希腊雕塑中对于美的普遍理想，也接近于样貌相似的男女，难道不是少了一种爱的含义吗？难道在爱的深处就没有流动和对方丝毫不差的不可能实现的热望吗？这样的热望促使人们将不可能的、相反的极端欲图变成可能，从而引导他们向悲剧性的背离发展，难道不是吗？也就是说，与其说相爱的人不可能变成一模一样的人，莫不如说他们宁愿努力使彼此没有丝毫相似之处，使这种背离原原本本地服务于媚态。难道没有这样的心灵建构吗？但悲哀的是，"相似"消失在一刹那的幻影之中。为什么呢？这是因为恋爱中的少女即便变得果断，恋爱中的少男即便变得腼腆，他们会穿越彼此相似的存在而向对方飞奔而去——已经没有对象的彼方，也只能是这样。

　　我拥有一颗强烈的嫉妒之心，为此，我告诉自己：我已经斩断了爱。与上面所讲的含义相比较，我依然还是爱着的。我发觉自己的腋窝下面，正慢慢地、一点点萌芽生长，逐渐发黑了。我终于能够爱"和近江相似的东西"了……

　　迎来了暑假。于我而言，这原本是我热切期盼的，但是

_065

没想到居然是难以收拾的幕间休息。我原本已对此盼望了很久，却没想到居然是令人不快的宴会。

自从我患上轻度的小儿结核症后，医生就禁止我照射强烈的紫外线。在海边直晒半个小时以上是绝对不行的。这个禁令每次被打破时，我就会立马发烧。连学校的游泳课，我都不可以参加，所以直到现在我还不会游泳。将它与后来逐渐在我内部固执地培育起来的、偶然会对我产生震撼的"海的蛊惑"联系起来考虑的话，我不会游泳，好像是一种暗示。

尽管如此，那时的我，尚未碰到海的无法抵抗的诱惑。于我而言，夏季是完全不适合我的。可是却莫名地怂恿我对夏季产生向往。于是我和母亲、弟弟妹妹在 A 海岸无忧无虑地度过了整个夏季。

……我突然发觉，我被独自留在一块大岩石上。

刚才我与弟弟妹妹一起顺着海岸寻找岩石缝里闪亮的小鱼，因而来到这块大岩石旁边。因为没有寻找到理想的猎物，弟弟妹妹们便开始玩腻了。此时，女佣过来接我们到母亲待着的太阳伞下，却被我严厉回绝了，因此她将我留了下来，只带走了弟弟妹妹。

夏日午后的骄阳，不断拍打着海面。整个海湾是一个巨大的漩涡。远远的海面上那夏日的云彩，以雄伟、悲伤、预言者似的姿态半浸于海里，默默地伫立在天际。苍白的云彩,就好像雪花石膏似的。

除了从海滩驶出的两三艘游艇、小船以及几艘渔船,在远处的海面上徘徊之外,再也找不到别的人影了。精致的沉默在一切之上。海上的微风,仿佛快乐的昆虫,带着一副告密般的微妙且做作的面孔,将无形的振翅声传到我的耳边。这一片海岸,由倾斜到海里的平整且光滑的岩石构成,但像我坐着的这样险峻、巨大的岩石,在其他地方我只发现了两三处。

海浪开始用他那不安分的绿色的波峰形状,从远处的海面向这边涌来。高于海面的低矮岩石群,好像求救的飞沫一般,高高地掀起浪花,一边反抗一边却将身体浸入这深深的充实感中,看起来像是梦想着挣脱束缚的浮游。但是,浪峰很快就将它抛弃了,用相同的速度涌向海岸线。不久,一种东西在这个绿色防箭袋里面苏醒过来,站了起来。波浪也随之掀起,将波涛翻涌之时落下的巨大海斧锋利的侧刃,展现在我们的面前。这深蓝色的断头台,飞溅起来的白色血花,被打落了下来。于是,追逐着破碎的浪头,一瞬间翻滚下来的浪背,衬映着好像临死者的眼眸里映射出的纯洁的蓝天,但那非人世所有的蓝——终于从海里露出的被侵蚀得平滑的岩石群,只有在遭受了波浪的袭击一瞬间,才隐身于白色的浪花之中。但是,当余波退去,立马就显现出灿烂夺目的景象。我从岩石上看到,在那耀眼的光线中,寄居蟹步履蹒跚，身子一动不动。

　　孤独感立马和回忆近江的情绪掺杂了起来。事情是这样的：我对近江生命中充溢的孤独、生命束缚他时产生的孤独，这些憧憬让我开始企求像他一样孤独。从表面上来看，目前我的孤独与近江的孤独是相似的，我期望模仿近江的做法，享受横溢大海面前的这种空虚的孤独。我本该一个人扮演近江、我两个角色。为此，我必须找出与他的共同点，哪怕只有一点点。如此一来，近江本人可能只是无意识地拥有他的孤独，我却变成他，在有意识的行动里，这是一种充溢着快乐的孤独。那种望着近江所获得的快感，不久可能就会被弄成近江自己感受的快感。我完全可以达到这样的空想境界。

　　自从我迷上《圣塞巴斯蒂安》之后，我在无意中染上了一种毛病，即每当全身赤裸时，就会很自然地将自己的双手交叉在头上。自己的肉体柔弱，全无塞巴斯蒂安那样丰艳的痕迹。现在，我也毫不经意地做了。于是，我的视线向自己的腋窝移去，心头涌上一股莫名的情欲。

　　随着夏日的来临，我的腋窝虽然还无法与近江的腋窝相比，不过也开始萌生出黑色的草丛。这就是我与近江的共同点。这情欲之中，明显有近江的存在。尽管如此，不容置辩，我的情欲依旧没有否定我自己走向它。此时，让我的鼻孔打战的潮湿海风，火辣辣地照射着我裸露的肩膀和胸膛的夏阳，以及没有人影的四周……这一切都驱使我在蓝天之下完成了自己的首次"恶习"。我在自己的腋窝里将那个对象挑选了出来。

一股神奇的悲伤让我浑身战栗。孤独像太阳一样灼烧了我。深蓝色的羊毛短裤，紧贴在我的腹上。我慢吞吞地走下大岩石，浸足于海滨。余波冲刷着我的脚，使我的脚看上去犹如死了的白贝壳。海中镶嵌着贝壳的暗礁群，虽波纹摇曳，却也清晰可见。我跪在水里。这时，细碎的波浪咆哮着冲了过来，撞击着我的胸脯。任由飞溅的浪花将我整个吞没。

波浪消退，冲刷了我的污浊。我裤子上的污浊之物，与海浪中无数的微生物、无数的海藻种子和无数的鱼卵等许多的生命一块，被卷入了泡沫翻涌的大海冲走了。

秋季到来，新学期开始了，近江没有来学校。我看见布告栏上张贴着近江被开除学籍的处分通告。

于是，我的同班同学就好像僭称帝王的人去世之后的人民一样，每个人都在喋喋不休地谈论他干的坏事，比如他借走了十块钱并未归还、他笑眯眯地抢走了进口钢笔、被他拧了脖子……好像每个人都遭受过这些坏事。可是，唯独我对他的坏事一无所知，这使我嫉妒得简直发了疯。然而，因为对开除他的理由没有确切的定论，我的绝望稍微得到了一些安慰。每个学校都会有消息灵通的学生，就算是这些学生也难以从近江身上发现那万人无疑的开除理由。老师也只是嗤笑着说："他做了坏事。"

唯独我对他的坏有一种神秘的确信。他肯定加入连自己都不清楚的巨大阴谋中了。他"邪恶"的灵魂而促使的意欲，正是他生存的意义，正是他的命运。最起码我觉得是这样的。

因此，我的内心曲解了这个"邪恶"所具有的意义。它促使扩大的巨大阴谋、具有复杂组织的秘密结社、有条不紊的地下战术等，肯定都是为了某个不为人知的神服务的。他效忠于这个神，因为企图改变人们的宗教信仰而被人告发，被秘密处决了。他在某个黄昏时分，被剥光衣服带到杂木林之中。在那里，他被双手高高地绑在树上，第一支箭射穿了他的侧腹，第二支箭射穿了他的腋窝。

我陷入了沉思。如此来看，他做引体向上而抓住单杠的身影，最容易令人联想到圣徒塞巴斯蒂安。

中学四年级时，我得了贫血症。脸色越来越苍白，手也变成草色了。登上高台阶，就一定要蹲下来休息一段时间。因为一股白雾似的龙卷风袭击了我的后脑勺，砸开了一个洞口，险些使我晕倒。

我被家里人送到了医院里，医生给出的诊断是贫血症。这是一位熟识的很有趣的医生，当家人询问他何为贫血症的时候，他这样回答：我先查看一下简明的参考书再向你们解释吧。我检查结束之后,就待在医生旁边。家人坐在医生的对面,我能够看到医生所朗读的书页,而家人却看不到。

"哦,接下来就谈谈病因吧。病因,多半是因为闹'十二指肠虫'。这孩子可能就是因为这个才得的这个病吧。检查一下大便吧。另外,'萎黄病'吧,比较罕见,而且属于妇科病……"

于是,医生跳过了这段病因,读到后边的部分时,只在嘴里小声嘀咕了一阵子,就合上了书。然而,我却看到了那段他跳过去没读的病因。那便是"自渎"。我因羞耻而感到心跳加快。医生早已看透了我的心思。

医生为我开了注射砷剂的处方。利用这种毒的造血功能,一个月便治好了我的病。

然而,又有谁会清楚我的贫血,完全是因为与血的欲求结成异常的关系呢?

天生的血液不足,使我有了梦见流血的冲动。这样的冲动,又让我的身上流失了更多的血。如此一来,就越来越使我渴望血液。这使人憔悴的梦想生活,锻炼和磨炼了我的想象力。那时,我还不知道萨德[①]有什么作品,不过我从自己

---

① 萨德(1740—1814),法国作家。专门创作色情作品,描写性虐待行为。Sadism(性施虐狂)一词,便是根据他的名字翻译而成的。代表作有《美德的厄运》。

对《你往何处去》[①]中的古罗马大圆形剧场的描写中，建立了我的杀人剧场的构思。在那个地方，年轻的罗马力士，只是为了慰藉才将生命贡献出去的。死亡充满着热血，并且必须讲究形式。我对任何形式的死刑和刑具都十分感兴趣。拷问工具和绞刑架因为看不到血而让我敬而远之。我也不喜欢手枪和步枪火药之类的凶器。我尽可能选择一些原始而野蛮的东西：箭、短刀以及长矛等。为延长痛苦，便选择袭击腹部。牺牲者必须要大声呼喊，让人感到长久、悲伤、惨痛、难以形容的存在的孤独感。这样，我生命中的喜悦从深处燃起，最终大声呼喊，对这种声嘶力竭的喊声进行回应。难道这不就是古代人狩猎的欢喜吗？

我用我空想的武器将希腊的士兵、阿拉伯的白人奴隶、未开化民族的王子、饭店开电梯的服务员、懒汉、军官以及马戏团的年轻人等都杀害了。我由于不知道爱的方式，误杀了我所爱的人，就像那未开化民族的掳掠者。我亲吻倒在地上还依然抽动着的他们的嘴唇。我好像在某种暗示下，发明了这样一种刑具：将刑架固定在轨道的一头，从轨道的另一边将一块有几十把短刀装在偶人上的厚板，顺着轨道滑行挤

---

[①]《你往何处去》，波兰作家显克维奇（1846—1916）的代表作品，1905年荣获诺贝尔文学奖。小说取材于罗马暴君尼禄对早期基督教徒的迫害，以一个罗马青年贵族和一个信奉基督教少女之间曲折的爱情故事为背景，反映了受迫害的波兰民族的命运。

压过去。设置死刑的工厂，一个穿透人间的旋床始终运转，售卖血汁混上甜味所做成的罐头。多数的牺牲者被反绑着手，装进这个中学生头脑中的古罗马大圆形剧场。

刺激渐渐增强，达到了人类所能达到的一种罪恶之境的空想。我的同学是这种空想的牺牲者，那是一位善于游泳的身体强壮的少年。

那里是一个地下室。正在举办秘密宴会。纯白的桌布上，典雅的烛台正在闪闪发光，银制的刀叉餐具摆放在碟子左右。照例，摆放着用来装饰的石竹花。令人疑惑的是，餐桌中间的空白过大了。看来等会儿，会有一个相当大的盘子端上来的。

"还没好吗？"

一个聚餐者问我。地下室光线昏暗，我无法看清他的脸。不过听起来是个老人威严的声音。这样说来倒也不假，因为光线昏暗，宴会上的人都看不清对方的脸。只有伸到光柱下的白色手臂，摆弄着银光闪闪的刀叉。空气中不断飘荡着窃窃私语的声音，又好像自言自语嘟囔声。除了椅子偶尔发出嘎吱嘎吱摩擦地面的声响外，便再也没有其他特别明显的声音了。这真是个阴森森的宴会。

"我觉得应该好了吧。"

我这样回答，大家却报以黯淡的沉默。我看得出大家因我的回答而变得不高兴。

"我去看一下马上就回来。"

我起身将厨房的门打开了。厨房的一角连着通往地面的石阶。

"还没好吗？"我向厨师询问道。

"什么。马上就好了。"

厨师也不太高兴地回了我一句，他的视线依旧耷拉下来，只顾着切着好像菜叶一样的东西。在两铺席那么大的厚案板上，没有任何的东西。

从石阶的上边传来了笑声。只见一位厨师正抓着我同班同学结实的胳膊走下来。少年穿着普通的长裤和深蓝色的马球衬衣，敞开着胸怀。

"奥，原来是 B 呀！"我若无其事地叫他。

他从台阶上走下来，双手插在裤兜里面，朝我恶作剧似的笑了笑。这时，厨师突然从后面一个箭步跳了上来，勒住了少年的脖颈。少年猛烈地挣扎。

"……这是柔道的招数……柔道的招数呀！名字叫什么来着？对……勒住脖子……不会真的死去……最多是昏迷而已……"

我一边思考着一边看着这场凄惨的搏斗。少年在厨师结实的胳膊之中突然软软地低下头。厨师若无其事地将他抱着放在案板上。不一会儿，又来了另外一位厨师，以一副公事公办的样子，摘掉了少年的手表，脱掉了少年的马球衬衣和长裤,眼看着就将少年剥了个精光。裸体的少年微微张着嘴仰面躺着。我深深地吻了他的嘴。

"是仰着好呢,还是俯着好呢?"厨师问我。

"还是仰着好吧。"

我觉得,仰着的话能看见他那琥珀色盾牌般的胸膛,所以我才这样回答。另一位厨师从厨房里拿来一个恰好能装得下人的身体那么宽的西洋大盘子。这个盘子很奇怪,两边各有五个小孔,一共有十个。

"用力!"

两位厨师将昏死过去的少年仰面放在盘子上。一位厨师愉快地吹着口哨,把细麻绳从盘子边上的小孔穿过去,然后紧紧地绑住少年。那敏捷的动作证明了其熟练的程度。大生菜叶漂亮地排列在少年的裸体周围,而且盘子里增添了特大的铁刀和叉子。

"用力!"

两个厨师扛起盘子。我打开餐厅的门。

一种好意的沉默迎接我。他们把盘子放在灯光明亮的餐桌中间空着的地方。我重新回到自己的座位上,从大盘子旁边拿起特大刀叉。

"从什么地方下手呢?"

没有人回答。我察觉到好多张脸都朝着这个盘子的周围探了过来。

"这个地方容易切一些吧。"

我将叉子叉入心脏,鲜血像喷泉般从正面喷到我的脸上。我用右手的刀,开始一点一点地把他的胸肌肉切成薄薄的肉片。

我的贫血症虽然痊愈,但是我的"恶习"却越来越厉害。上几何学课时,所有教师之中最年轻的几何学老师A的那张脸我百看不厌。听说他曾经是一名游泳教师,拥有一副被海上的阳光晒黑了的面容和渔夫般粗犷的嗓音。冬日里,我一只手插在裤子之中,将黑板上的字抄写到笔记本上。此时,我的视线从笔记本上离开,无意间地追逐着A的身姿。A用昂扬的声音反复地解释几何学的难题,他一会儿走到讲坛上,一会儿又从讲坛上走了下来。

我的出行里面渗进了官能的苦恼。这位年轻的教师不知何时居然变成梦幻般裸露的赫拉克勒斯[1]展现在我的眼前。他一边用左手移动着黑板擦,一边伸出右手用粉笔书写方程式。我透过他西服后背的褶皱,看见了《赫拉克勒斯弯弓》[2]肌肉的褶皱。我终于在上课的时候犯了恶习。

我茫然地将头垂了下来。课后,我走到运动场上。我的

---

[1] 赫拉克勒斯,希腊神话中的英雄。
[2] 《赫拉克勒斯弯刀》,法国雕刻家布德尔(1861—1929)在1910年创作的作品。

恋人——这个也是单恋，而且也是留级生——走过来问我：

"啊，昨天你去片仓家吊唁了吧，情况如何呀？"

片仓是一个温柔的少年，因结核病去世了，前天刚举行葬礼。从朋友那里听说，他的遗容完全变了，简直像恶魔。他被烧成骨灰后，我才前去吊唁。

"没什么呀。他早就被烧成骨灰了呀，"我只能简单地回答了一句，突然想起奉承他的传话，"啊，还有就是片仓的母亲反复叮嘱我向你问好，她说以后变得冷清了，希望你常去走走。"

"笨蛋！"

一股激烈而温和的力量撞击着我的胸部，使我大吃一惊。我的恋人面带少年的那种害羞，满脸通红。他的眼睛里闪烁着光芒，这是因为他把我当成了同一类人，露出一种眼生的亲切感。

"笨蛋！"他又说道，"你也学坏了，这笑得有点耐人寻味呀。"

我一时有些迷茫。虽然我用笑容缓解了尴尬，但一段时间内还是觉得莫名其妙，费了好大的劲儿才醒悟过来。片仓的母亲还很年轻，是个美丽且身材婀娜的寡妇。

从情绪上来讲，我觉得与这件事相比更加凄凉的，是我迟钝的理解，这不一定是出自我的无知，而是出自他和我所关心的事情的明显差异。我所感到的差距显而易见，是可以预见的东西。但是，如此悔之晚矣的发现，让我深感震惊，这是多么令人惋惜呀。我也从未考虑过片仓母亲的口信会让他产生怎样的反应，只是因为想要巴结他而无意识传口信给他。我的这种幼稚本身的丑陋，这种像孩子哭泣后脸蛋上风干了的泪痕一般的丑陋，使我沮丧。我为什么就不能保持现在这样呢？我曾经反问过自己几百万遍这个问题，在这个问题上我已经疲惫而不想问了。我厌烦了，最后在纯洁中堕落。我做好了思想准备（这是多么的可爱呀！），我好像可以从这种状态中解脱出来了。我还不清楚我所厌倦的东西显然是人生的一部分，就像我坚信我所厌倦的东西是梦想而非人生。

我从人生那里收到了出发的催促。是从我的人生出发吗？就算不是我的人生，我也要出发，我也一定要向前迈出沉重的步伐，这样的时代来临了。

# 第三章

人都说人生就像一个舞台。但是，像我这种即将要结束少年期的人，只怕也没有几个吧。这早已是一种牢固的意识，它与极为朴素的浅显的经验掺杂在一起。虽然我的内心总有一些疑惑："人们不会像我这样走向人生吧？"可心里有七成却深信，人人都是如此开启自己的人生的。我曾乐观地相信：只要表演结束了，不管好赖都会闭幕。有关我早死的假说，即来自此种意识。但是，到了后来，这种乐观主义甚至让我的梦想受到了极其严厉的报复。

为了谨慎起见，我必须附带说一下，不过我在这里要说明的，不是通常那种"自我意识"的问题。这里，我仅说性欲的问题，别的什么问题都不谈。

所谓劣等生的存在，原本就是由先天性的素质造成的。我想要与普通人一样升班，便使用了缓兵之计的手段。这种手段就是在考试时，不管其中的内容我懂不懂，都偷偷抄写同学的答案，然后假装若无其事将试卷交上去。这种与作弊相比更不需要智慧、更厚颜无耻的方法，偶尔也会取得表面上的成功。他成功升班了。以低年级学到的知识为基础去读书，他完全跟不上。即使听课了，也全然不懂。因此，他只有两条路可选，一条是误入歧途，另一条就是拼命地假装懂了。何去何从，这个问题取决于他的软弱性或勇气的气质，而并非取决于量。因为不管选择哪一条，都离不开等量的勇气和等量的软弱。而且不管选择的是哪一条，都离不开对懒惰抱有一种如诗般的长久的渴望。

有一次，一群同学在校园外，边走边讨论某个不在场的同学，说他好像喜欢上了往返学校的公共汽车上的女售票员，我也加入其中。传言不久就被公共汽车女售票员到底有什么好呢这一论题所替代。于是，我有意用冷淡的语气，抛出了这样一句话：

"大概是对她的制服感兴趣呗。穿在她身上倒是很合适呢。"

当然，我从未从女售票员那里，感受到这种性感的诱惑。这是类推——纯属类推——不过在对待事物上，想使用大人一样冷漠的色鬼的看法，这种与年龄相符的自我炫耀也帮了忙，才使我说出那样的话来。

这样的反应有些强烈了。这伙人都是成绩优良，礼节也无可挑剔的稳健派。他们不约而同地说：

"好家伙，可真有你的。"

"如果没有丰富的经验，是无法讲出这样一针见血的话的。"

"你这个家伙，实际上够厉害的啊！"

遇上这种天真且感人的批评，我感觉我的话有点过火了。针对同一件事，也有一种不那么难听的更淳朴的说法，可能这样的话会让别人更加深刻了解我的内心。于是我反思自己：讲话应该慎重考虑些的！

十五六岁的少年，却有着一种与年龄不符的意识。这种意识一旦操作起来，最容易陷入的过错，是认为只要自己远远比其他少年坚定稳重，就能够操纵自己的意识。实际上并非如此。我的不安和不确定，只不过是比任何人都更早地要求限制自己的意识。我的意识，只不过是错乱的工具。我的操作，只不过是不确定的胡思乱想罢了。按照茨威格[①]的定义，即"所谓的恶魔性的东西，存在于所有人的心中，向自己的外部走去，驱使人超越自我，走向无限"。而且，"那宛如自然，从过去的混沌中，将某种不该去除的不安定的部分，残留在我们的灵魂之中"。这种不安定的部分带来紧迫，企图"还原超人性超感觉的因素"。在意识只有单纯解说效用的情况下，人理所当然不需要意识了。

---

① 茨威格（1881—1942），奥地利作家。新浪漫派抒情诗人。

我自己丝毫没有从女售票员那里感受到肉体的诱惑，却下意识地用单纯的类推和通常的技巧讲出了那番话，使朋友们感到吃惊、羞愧和满脸通红。而且他们用思春期敏感的联想力，从我的言语中隐约地感受到了肉感的刺激。亲眼看到眼前的这种景象，我自然涌起一股不好的优越感。不过，我的心并未就此停止。这次轮到我自己被欺骗了。由于优越感出现了偏颇的醒悟。事情经过是这样的：一部分的优越感使我变得自负，认为自己比别人要强得多，从而自我陶醉，这陶醉部分要比别的部分醒悟得更早。虽然其他部分尚未觉醒，自己却误认为所有部分都已经醒悟，犯了孤寂的错误。因此，"比别人强"这种自我陶醉，被修正为"不，我也同大家一样"这一谦虚的说法。由于估计方面的错误，才被"当然在所有方面我与大家都是一样的人"的说法所敷衍（尚未觉醒的部分，将这种敷衍变成可能，并支持它），最终得出"谁都这样"嚣张的结论，只不过是错乱的工具的意识在此发挥了强有力的作用……由此完成我的自我暗示。这种自我暗示、这种非理性的、愚蠢的、冒牌的、甚至连我自身都意识到是欺骗的自我暗示，从此时开始最起码占据了我生活的百分之九十。我不禁认为再没有人比我更害怕依附现象了。

读完这些，人们也许就能理解了吧。我之所以能说出公共汽车女售票员稍微性感的话，只不过是出于一种单纯的原因，只是那一点我没有发觉——这的确是单纯的理由，说到底就是我对于女性的事情，没有其他少年所具有的先天性的羞耻。

为了避免人们指责我用目前的想法去分析当时的我，我来抄录一节十六岁时我自己写的东西：

陵太郎不假思索地参与到陌生朋友的队伍之中。他的举止看起来比较活泼——可能是假装给别人看的，因为他相信这样能够掩饰他那莫名其妙的忧郁以及倦怠。作为信仰最良好的因素自信，将他置于一种白热化的静止状态之中。他加入无聊的嬉笑和玩闹的同时，不断地在想"现在的我既非无能也不无聊"。他称此为"忘却了忧伤"。

自己幸福吗？这样就算快活吗？周围的人一直在为这种疑问而烦恼。就好像疑问的事实确实存在一般，这就是真正的幸福、正当的理想状态。

可是，陵太郎自己定义为"快活的人"，并且对此深信不疑。

人们的精神，会以这样的顺序不断地倾向于他所谓的"确实的快活"。

终于，虽有些模糊但真实的东西，被强有力地关入虚伪的机械之中。机械有力地运转。这样，人们就发觉不了自己在"自我欺骗的房间"之中……

机械有力地运转了吗？

少年时代的缺点就是相信：只要将恶魔英雄化，恶魔就会心满意足。

无论怎么说,我向人生出发的时刻越来越近了。我为迈上这个旅途所做的准备,就是阅读大量的小说,还有一册《性典》……首先便是始于这里。炽热的好奇心超越了以上所有的东西,成为我忠实的旅伴。就连出门所做的准备也只是决定变成"虚伪的机械",用此作为上乘。

我仔细研究过许多小说,调查像我这个年纪的人应该怎样感受人生,怎样和自己对话。因为我没有寄宿生活,没有参加过运动俱乐部,再加上我的学校里有许多装模作样的人,一旦过了前面说过的无意识的"低俗游戏"时期,便几乎没有介入的人了,而且我又是一个十分害羞的人,难以将这些事情与每个人的面目联系起来比较的。所以,我必须从一般的原则出发做出这样的推理:像"我这个年纪的男孩子"自己一个人的时候会有怎样的感受呢?在炽热的好奇心方面,我们都经历过一模一样的青春期。这个时期到来的时候,少年好像都会对女性的事胡思乱想,长出青春痘,终日感觉迷迷糊糊的,创作一些甜美的诗句。从此时开始,他们看到性研究书上不断叙述自渎的坏处,也看到另外一些书上写着"坏处不大,不必担心",也便沉迷于自渎了。在这一方面,我与他们也是一模一样的!尽管如此,但对于"恶习"的心理对象却有着显著的差异,我的自我欺骗,使我对此置之不问。

首先，他们好像从"女"字上感受到了异常的刺激。只要女字在心中稍一浮现，他们就变得脸颊绯红。但是，我从"女"字上所感受到的印象，和看见"铅笔""汽车""扫帚"一类的字一样，一直未能获得更深的印象。这种联想力的缺乏，在与朋友讲话时也常常有所表现，就像面对片仓的母亲一样，让我的存在变成痴愚呆傻的例证。他们认为我是诗人而理解我。但是，我有自己的想法，我不想让别人认为我是诗人（这是因为据说诗人一定要接触女性）。我为了能够与他们的看法吻合起来，就人为地陶冶了这种联想力。

我不清楚。他们与我不只是内在的感觉方面有差别，而且在看不见的表象上也存在着显著的差异。即：他们只要看见女人的裸体，便会立刻引发 erectio。只有我不会如此。而且，会让我引发这样的反应的对象（它从最开始就是依据倒错爱的特质，通过严格的选择），爱奥尼亚型的青年裸体像等，却都不具备引发他们 erectio 的力量。

我在第二章之中，详细地描写了 erectio 的情况，与此事有关。为什么呢？因为我的自欺欺人才促成了我的无知。所有小说的接吻情节，都将关于男性冲动的描写省略掉了。这是理所应当的，是没有必要描写的。在性的研究书籍中，接吻时所引发的 erectio 也被省略掉了。我读到的是：只有在肉体交欢之前，或者通过描绘其幻觉，才会产生 erectio。我想象着，我什么欲望都没有，可是到了这样的时刻也会忽然——简直就像从天外来的灵感——产生 erectio。我内心的百分之十却在低声说道："不，只有我不会发生吧"，这就变成了我种种形式的不安，并且反映出来。但是，我犯"恶习"时，心中是不是也浮现过女人的某一部分呢？哪怕只有一次。哪怕是试验性的。

我不曾有过。我认为，我不这样做的原因只不过是由于我的懒惰。

说到底，我什么事都不知道。例如除了我之外的少年们每晚都会梦到妇女们，一个个光着身子走来走去。女人的乳房好像夜间海中漂浮上来美丽的海蜇，张开濡湿的嘴唇，几十遍、几百遍地不停地唱着无从知晓的歌曲……

这是因为懒惰吗？可能是因为懒惰吧？我深感困惑。我对人生的勤勉都是来自此处。我的勤勉归根到底全都耗费在这个懒惰的辩护上，投入到为懒惰而懒惰的安全保障中。

首先，我想为和女性有关的记忆编上编号。奈何这样的记忆少得可怜。

十四五岁的时候发生了这样一件事：父亲调到大阪工作的那天，在东京站送走父亲以后，家里来了几位亲戚。意思就是，回家的时候，他们一行人跟我母亲、我、弟弟、妹妹一起来我家玩。其中有我的堂姐澄子。她还没结婚，二十岁左右。

她的门牙有点龅牙。那是极为洁白美丽的门牙，有两三颗牙格外的醒目耀眼，使人不禁认为是不是故意这样生长的。当她笑的时候，门牙首先发出光亮，那些龅牙的样子给她的笑容增添了几分无法形容的娇媚。龅牙的不协调,在脸庞、优美的身姿和标致的协调之中,就像一滴香料滴落下来,强化了那协调,并为其美丽加入了几分妙味。

"爱"这个词要是不妥的话,那么,就说我非常"喜欢"这个堂姐吧。从孩提时起,我就喜欢从远处看她。有一次,当她做罗纱刺绣时,我无所事事地在她旁边呆坐了一个多小时。

伯母们到里屋之后,我与澄子并排坐在客厅的椅子上,默不作声。我的头脑之中还保留着送行时的杂沓之声。那声音没有消失。我感到特别疲劳。

"哎呀,累死啦!"

她稍稍打了个哈欠,并起白皙的手指,捂着嘴巴,像念咒似的,用那并拢的手指疲惫地拍了两三下嘴巴。

"阿公,你不累吗?"

不知怎么的,澄子用和服的两只袖子遮住脸,沉甸甸地将脑袋枕到我的腿上。然后,慢慢地挪动着脸,调整着脸的方向,一动不动地待了一会。我的制服裤子被她当成枕头,这份光荣令我颤抖起来。她的香水和白粉的香气,让我惊慌失措。澄子睁着疲惫而清澈的眼睛,纹丝不动的侧脸,让我感到困惑……

只此一次。即使这样,我永远记着自己腿上片刻存留的那份豪奢的重量。这并非肉感,只是某种极为奢侈的喜悦。

类似勋章的重量。

我常常会在往返学校的公共汽车上面，碰到一个贫血体质的姑娘。她的冷漠，让我对她格外关注。她望向窗外，那副极为无聊、厌世的神态，那稍稍突出的坚实的嘴唇，也常常引起我的注目。我不禁感到，她不在公交车上时是美中不足的。上下车时，会期待见到她。我想：这就是恋爱吗？

我实在不理解。那时我怎么也搞不懂，恋爱和性欲是怎么结合在一起的。当然，当时的我，并没有想要把近江给我的恶魔般的诱惑，用恋爱这个词来解释。我思索着自己对公共汽车上经常看到的少女的那份朦胧感情，是否算得上是恋爱呢？与此同时，那个脑袋溜光、年轻且狂野的公共汽车司机也吸引了我。无知并未迫使我做出矛盾的说明。看了年轻司机的侧影，我的视线里有一种难以避免的、呼吸困难的、痛苦的、压力的东西，而在我隐隐约约地看那贫弱体质的姑娘时，则有一种虚伪的、人为的、易疲劳的东西。这两种眼神，我无法弄清它们之间的关系，两种视线在我心中若无其事地、一起存在着。

作为这般年纪的少年，我好像过分缺乏"洁癖"的特性，也可以说缺乏"精神"的才能。假如说，我过度的好奇心注定会让我对伦理常情漠不关心，也是可以成立的。尽管如此，这样的好奇心也好像久病缠身的人对外界绝望的向往，另一方面又与不可能的确信紧紧地结合在一起。这种半无意识的确信，半无意识的绝望，硬生生地将我的希望错看成了奢望。

尚且年轻，我却不知道自己心中已经培养了明确的纯精神观念。难道这就是不幸吗？于我而言，人世间通常的不幸，对我有着怎样的意义呢？我对肉感的淡漠不安，可能只是将肉体当成我的固定观念了。我习惯将与知识欲并无很大差异的纯精神性的好奇心，确定为"这就是肉体的欲望"，常常来欺骗自己，好像自身真的具有淫荡之心一样。它使我养成了装模作样的习惯，掌握了大人深谙世道的态度。我摆出一副厌烦女人的样子。

于是，接吻首先就变成我的固定观念。我现在可以说，接吻这一行为的表象，只是我的精神寻求寄托的一种表象而已。但是，当时的我误以为这样的欲求就是肉欲，便不得不为那样大量的精神伪装而焦虑到憔悴。这种把本来面目伪装起的无意识的担心，就这样固执地激起了我有意识的演技。可是，回过头来想想，人难道能完全背叛自己的天性吗？哪怕是一瞬间。

要是不这样想，就无法解释希望不想得到的东西这一不可思议的心理活动，难道不是吗？如果我恰巧处于不希望得到自己想得到的东西这种伦理的人的一侧，那不就等于说明我心里持有最不合伦理的愿望吗？要是真这样，这愿望不就过于可爱了吗？难道我完全将自己伪装起来，彻底作为陋习的俘虏而行动吗？关于这个问题的思考，变成我以后马虎不得的事情。

战争一爆发，伪善的禁欲主义就风靡整个国家。高等学校也没逃脱。我们从初中就开始梦想的"留长发"的愿望，进入高中也无法实现。穿漂亮时髦的袜子也成为过去。随意加长军事训练的时间，并且策划了各种愚蠢的革新。

尽管如此，由于我们学校的校风，表面的形式主义历来十分精致，所以我们的学校生活也没感到有什么束缚。被分配到学校的大佐军官是一名善解人意的汉子，还有那个由于带有茨城口音而获得了一个"茨特"外号的前特务曹长N准尉、同僚的傻瓜特、长着狮子鼻的鼻特等人，都了解我校的校风，做事掌握分寸。校长是个具有女子性格的老海军大将，可是他却以宫内省作为后盾，用游手好闲、不得罪人的渐进主义来保守他的地位。

这期间，我学会了抽烟、喝酒。所谓学会，也只是模仿抽烟和喝酒而已。战争教会了我们神奇的感伤的成长方式。那就是到了二十多岁就割断人生，至于以后的前途就不做任何考虑。我们认为人生这东西是不可思议的，轻飘飘的。活到二十多岁正好是一个阶段，这期间生命的咸水湖，大量的盐分变浓，很容易浮身其上。只要落幕的时间不算太早，那么，我自娱自乐的假面剧，努力演下去就可以了。不过，可能从明天开始，我就要踏上人生的旅程了。虽然我总想着明天就出发，但是一天一天地推迟，数年间都没有启程的征兆。这个时代于我而言，难道不是个独一无二的愉快的时代吗？就算有不安，也只是漫无边际的东西，我仍抱有希望，远远望去明天就在未知的蓝天下。旅行的幻想、冒险的梦想、我总有一天成人的肖像、我尚未一见的漂亮新娘的肖像、我对名声的期待……这些东西就如同导游的小册子、毛巾、牙刷、牙膏、换洗的衬衣、袜子、领带、肥皂等东西一般，被整整齐齐地摆放到登程的旅行皮包之中。那个时代，对我来说，连战争也有着孩子般的开心。我真的相信，就算中弹我可能也不会感到疼痛。这过剩的理想，在此时也丝毫不见衰减。就连自己死的预测，也会因为其未知的喜悦使我颤抖不已。我感到自己像是拥有了一切。或许是那样吧。因为再也没有有比忙着准备行装的时刻，更能让我们感到在每个角落都完全拥有旅行的作业。以后的任务只是破坏这种拥有罢了。这就是旅行的那种完全的徒劳。

不久，接吻的固定观念，就落到一片嘴唇上。这难道不是出于只想将空想装作像是有来历的东西的动机吗？就像前面所提到的，原本就并非欲望也并非其他的东西，但是我什么都不管，非要坚信它是欲望的，毫无条理的欲望，与真正的欲望颠倒了。我把不是我想的、猛烈的、不可能的欲望，与世人的性欲——他发自自身的性欲——颠倒了。

这个时期，我有一个话不投机但亲密无间的伙伴。他叫额田，是个轻浮的同班同学，他好像是为了弄清初级德语的种种问题，才将我当作容易接近和交往的伙伴吧。无论做什么事都是三分钟热情的我，在初学德语方面，被认为是学得很好的学生，并且被冠以优秀生一样（这倒有点"神童"的味道）高帽子的我，实际上内心是非常厌恶优等生的头衔（话虽这样说，也的确找不到除此头衔之外能保障我安全的有用的头衔），何等渴望"恶名"呀！说不准额田就是凭直觉看穿了这一点。他的友情里好像有一种东西在挑逗我的弱点。如果要问其中的原因，可能是因为额田是个太爱嫉妒而被硬派人所敌视的男子汉，那些来自他那里的妇女世界的消息，像极了来自灵媒的灵界消息，若有似无地回荡着。

作为最初传来妇女世界信息的灵媒，就是近江。不过，那时的我更属于我自己，我将作为灵媒的近江的特性，当作是他的一种美德而获得满足。可是额田作为灵媒的作用，却构成了我的好奇心的超自然的框架。其中一个原因，可能是因为额田一点也不漂亮。

所谓"一片嘴唇"，就是我去他家玩时出现的他姐姐的嘴唇。

这个二十四岁的美人，很单纯地把我当孩子看待。我看着围着她转的男人们，明白到我自己完全不具备吸引女子的特征。也就是我肯定不会变成近江，反过来讲，我希望变成近江的心愿，其实就是我对近江的爱。这一点，我明白了。

尽管如此,我确信自己已经爱上了额田的姐姐。我确实和我同龄的纯真高中生所干的一样,每天徘徊在她家附近,有时候长久地在她家周围的书店里等待机会,一旦她从书店门前经过,就上前纠缠她。有时抱着坐垫,幻想着拥抱女子的心情,有时描绘她的樱桃嘴唇,或者悲伤不已,开始自问自答。这算怎么一回事呀?这些人为的努力,为我的心灵增添了某种异样的麻木般的疲劳感。心灵真正的部分,一早就感觉出我是以带有恶意的疲惫来抵抗我这种不断对自己说"我爱她"的不自然。我感觉在这样的精神疲劳里包含着一种可怕的毒素。心灵中人为的努力间歇,有时会有一种令人畏缩的无聊感袭击我。为了逃脱这种无聊,我又若无其事地走向别的空想。于是,很快我就精神振奋,恢复了自我,朝着异样的心象燃烧。而且,这种火焰被抽象化之后留于心中,宛如这热情是为了她才散发的,后来才牵强附会地添加了注释——于是,我又一次欺骗了自己。

如果有人责怪我前面的叙述都太过概念化,失之抽象,那样的话我只能这样回答:因为我无意啰啰唆唆地去描写正常人思春时期的肖像以及旁观者看来别无两样的表象。要是将我心灵的羞耻部分除去,我的心灵连内部都与这一时期的正常人是极为相像的。在这些地方,我完全与他们一样。仔细想想,我的好奇心也与常人一样,对人生的欲望也与常人相同,可能只是因为过于反省自己而陷入忧思,动不动就面红耳赤，并且对自己的容貌也无自信，因为它没有值得女子喜欢的地方，这样一来自然就只能认真读书，大体上都会有很好的成绩。只要想象着自己就是这样一个未满二十岁的学生就可以了。即想象这个学生是怎样地渴望女人，怎样地心急如焚，怎样地徒劳烦闷。只怕再也没有比这更简单且毫无魅力的想象了。我省去对这种想象的无聊的如实描写也是理所应当的。内向的学生那种极不生动的一个时期，我完全与之相同。我发誓，我绝对忠于导演。

在这期间，我将往日里只注重年长的青年想法，逐步移向比我年龄小的少年身上。这是因为比我年少的少年，也已经成长为像当年近江一般的年纪了。尽管如此，这种爱的推移，也与爱的性质有关。虽然它依旧是隐藏在我内心深处的心思，可是我早已在那野蛮的爱中，加入了娴雅的爱。好像一种保护者的爱，一种少年的爱，随着我的成长而显露出征兆。

马格努斯将倒错者分类，将只迷恋成年同性的那一类叫作 androphils[①]，将迷恋少年或者少年和青年之间年龄的那一类叫作 ephebophils[②]。我逐渐理解了 ephebophils。它指的是古代希腊的青年公民，意味着十八岁到二十岁的壮丁，其语源于

---

① 拉丁语，同性恋。
② 拉丁语，恋青少年。

宙斯[①]与赫拉[②]的女儿、永生的赫拉克勒斯的妻子赫柏[③]。女神赫柏是专门为奥林匹斯众神斟酒的酒司，是青春的象征。

有个刚进入高等学校的十八岁的英俊少年，他是个有着白皙的皮肤，柔润的嘴唇，眉清目秀的少年。我得知他叫八云。他的容貌深深地烙在了我的心上。

我在他一无所知的情况下，从他那里获得了一份开心的礼物。最高年级的各班班长一周轮流喊一次朝会的号令，不管是晨操、下午锻炼（高等学校会有这样的惯例。首先是三十分钟左右的海军体操，然后扛着锄头挖防空洞或者去锄草），每隔四周会轮到我喊一周的号令。夏季来临的时候，做早操和下午的海军体操的时候，严格执行这种做法的学校遵照当代的流行做法，规定学生半裸着身体做体操。班长站在号令台上大声喊着朝会的口号，然后喊道："将上衣脱掉！"大家脱完之后，班长走下台来，然后体操老师又走上台，班长对着老师发出"敬礼"的号口令，就径直跑到同班的最后一排，自己也脱成半裸做体操。体操做完之后，接下来就是老师喊口令了，班长的任务也就算完成了。于我而言，呼喊口令完全就是一件使人浑身发冷的极为恐怖的事。

---

[①] 宙斯，希腊神话中诸神的领导者。
[②] 赫拉，希腊神话中的天后，宙斯的妃子。
[③] 赫柏，希腊神话中的青春女神。

上面那些军队式的笨拙程序，有时正符合我心意，所以我暗暗地等待我值日的那一周。为什么这样讲呢？因为托这个程序的福，我才可以亲眼看见八云的风采，既不用担心被他看见我这样瘦弱的裸体，又可以看到八云半裸的身体。

八云通常都排在靠近口令台前面的第一排或者第二排。他那张犹如雅辛托斯①般的脸，很容易发红。每次他跑来参加朝会的时候都恰巧是在集合，每当看到他那气喘吁吁的脸，我就会感到开心。他常常一边喘气一边用粗鲁的动作将上衣的暗扣解开，接着猛地一下子将衬衣的下摆从裤子里拽出来，若无其事地裸露出白皙且柔润的上半身。我站在口令台上，不由自主地看着他。因此，当一位朋友漫不经心地对我说"你喊口令的时候总是低着眼睛，你就那样害怕吗？"之后，我不由得浑身发冷。但是，这一次我也没有获得接近他蔷薇色半裸体的机会。

夏天的时候，所有高中生前往 M 市的海军机关学校去实习一周。有一天，上游泳课的时候，大家全都跳进了游泳池。我不会游泳，就以腹泻为借口，在游泳池边上旁观。一位大尉主张日光浴能够治百病，因此我们这些病号也都被搞

---

① 雅辛托斯，希腊神话中的美少年。为太阳神阿波罗所喜欢。心生嫉妒的西风神塞皮罗斯将阿波罗投掷的铁饼吹歪，击中了少年的额头。阿波罗悲伤不已，于是将其留下的鲜血化为风信子花。

得身体半裸。放眼望去,八云也属于病号组里的一员。他环抱着白皙紧绷的双臂,微风吹拂着他那被阳光晒黑的胸脯,他那洁白的门牙挑逗般地紧紧地咬住下唇。由于自称病号的旁观者都选择集中在游泳池四周的树荫下,因此我轻易就能够接近他。我打量着他那柔韧的身躯,凝视着他那随呼吸而起伏的腹部。这使我想到了惠特曼的这样一句诗:

  青年们仰躺着,
  白皙的腹部在阳光下隆起。

  不过,这次我也没对他说一句话。因为我为自己那瘦骨嶙峋的胸膛以及苍白细小的胳膊感到羞耻。
  1944年(即战争结束的前一年)的9月,我离开自幼年起就一直就读的学校,毕业后考入某所大学。我在父亲不由分说的强迫下,选择了法律专业。不过因为我确信不久之后便会被拉去当兵而战死沙场,我全家也将会在空袭下全部死去,因此就没有那么痛苦的感觉了。
  按照当时通常的惯例,高年级的同学在我入学的同时要应征入伍,就将他们大学的制服借给了我。等我出征的时候再把制服还给他的家人,于是我就穿着这身制服去上学了。
  我比常人更害怕空袭,可同时我也怀着某种天真的心情期待着死亡的到来。就像我反复讲过的,未来对我来说是一个沉重的负担。人生一开始就用义务观念束缚着我。我心里很清楚义务对我来说是不可能的，可人生却用不履行义务为由来斥责我，折磨我。我想，如果死可以让这样的人生期待扑空的话，心里肯定会非常轻松吧。战争期间流行的死的教义，我对此产生了官能上的共鸣。我想，万一不小心"光荣战死"（尽管此时我还配不上），这相当于讽刺地结束一生，坟墓下的我就有了不尽的笑料。因此，警报一旦拉响，我将比任何人都要快速地躲进防空洞中。

我听到了刺耳的钢琴声。

我在一个马上就要作为特别干部预备生入伍的朋友家中。这位名叫草野的伙伴，他是我高中时代唯一一个还可以探讨有关精神方面的问题的朋友。我这个人不敢奢望结交朋友，但我下面的话或许会伤害到我这唯一的友情。我感到强迫我如此做的自己的内心是极其残忍的。

"那钢琴声好听吗？貌似经常不在调上呢。"

"弹琴的是我妹妹。老师刚走，她正在复习呢。"

我们不再讲话，侧着耳朵倾听。草野马上就要入伍了，回荡在他耳边的，不只是邻居的钢琴声，还有马上就要与之分离的"日常事物"那种既蹩脚又仓促的美吧。这钢琴的音色之中有一股亲切感，就好像对照着说明书做出的差劲的点心。我忍不住问道：

"她多大了？"

"十八岁了。她是排在我后边的妹妹。"草野回答道。

越听越感觉那是一个十八岁的梦幻般的年龄,并且还没有真正意识到自己美在何处的、犹存稚气的钢琴声。我希望这样的练习她能永远继续下去。果然,如愿以偿,这钢琴声在我的心中一直持续到了五年后的今天。我不知多少次努力将这种感觉视作一种错觉。我的理性也不知多少次嘲笑这种错觉。我的软弱又不知多少次讥笑我的这种自我欺骗。尽管如此,我还是被钢琴声所支配,如果宿命这个词能够除去让人厌恶的艺术个性特色,那么对于我,这琴声的确是一种宿命。

我记得,"宿命"这个词儿不久前曾带给我异样的感受。高等学校的毕业典礼结束后,我随老海军大将的校长乘车前往皇宫感谢皇恩,在车厢之中,这位两眼眼屎的忧郁的老人,批评我应征入伍的决定,说我不想要当特别干部预备生而准备当一名普通士兵。他坚持说,我的身体根本不能适应士兵的生活。

"不过,我已有心理准备了。"

"你之所以这样讲是还不了解情况。不过,现在报名期已经过了,后悔也晚了。这也是你的宿命呀。"

他用明治式的英语发音说出了"宿命"这个词。

"什么?"我反问。

"宿命呀,这也是你的宿命嘛。"

——他以生怕被人以为是苦口婆心的、显露出老人特有的羞耻的漠然的口吻，单调地重复了一遍。

我以前在草野的家中也肯定看到过弹钢琴的姑娘。可是，清教徒式的草野家完全不同于额田家，他的三个妹妹总是腼腆一笑马上躲在一边去了。临近草野的入伍日期，我们二人轮番到各自家里告别。钢琴声让我明白我对他妹妹的看法太过笨拙了。不知为何，自从听了那钢琴声之后，我就仿佛窥见了她的秘密似的，再也不能正面瞧她，也不能主动和她谈话。她偶尔出来送茶，我眼前看到的，只是她那双轻快且敏捷的双脚。可能是因为裙裤和裤子的流行而使女人的脚难得一见吧，这美丽的双脚着实让我感动。

这般写来，如果人们误认为我从她的脚上体会到了肉感，那也无可奈何了。其实并不是。就像我再三提到过的，有关异性的肉感，我完全缺乏定见。那极佳的佐证就是我丝毫没有想看女性裸体的欲望。尽管如此，我依然认真地思考对女性的爱，那种让人生厌的疲惫占据我的心，干扰着我追求"认真地思索"。这次，我感觉自己是个理性的胜利者，从中获得了喜悦，甚至将自己冷漠的不长久的感情，比喻成男性玩腻女性后的感情，并从中得到大人般炫耀的满足。这样的心理活动，就像是点心铺的一台机器，将十个铜板放进去，马上就可以吐出牛奶糖，已经在我的内心固定下来。

我认为，人毫无欲望也可以真心去爱女性。这怕是人类有史以来最无谋的欲求。我自己并没有意识到（这种夸张的说法是我的秉性，请谅解），这是企图爱的教义的180度大转变吧。所以，我理所当然地信奉这个纯精神概念。这似乎和前面所讲的情况相矛盾，但我由衷地按事物的表象那样纯粹地相信了。我所相信的，或许并不是这个对象，而是纯粹本身吗？我发誓所要忠诚的不正是纯粹吗？这是后话。

有时候，我似乎不相信纯粹的精神观念。这是因为我的思维总是倾向于我所缺乏的肉感的观念，以及那种成人病态的满足感和人为的疲劳。换句话说，它源自我的不安。

战争终于到了最后一年，那年我二十一岁。新年伊始，我们大学就被动员到M市附近的N飞机工厂参加劳动。有百分之八十的学生成为工人，余下的百分之二十体质差的学生则干事务性的工作。我属于后者。尽管这样，但在去年的体检中，我被宣布通过了第二乙种兵，我担心今天或明天随时都会收到入伍通知。

这座巨大的飞机工厂，坐落于尘土飞扬的偏僻之处，仅仅横穿厂区就需要半个小时，驱动着数千名工人在这里工作。我也是其中一员，编号是4409号，临时职工第953号。这家大工厂是建立在不计资金回收的神秘的生产费用之上，为巨大的虚无做出奉献。因此，每天早上都必须宣读神秘的宣言。我从未看到过这种不可思议的工厂。现代的科学技术、现代的经营方法和众多优秀头脑的精密合理的思想，统统这些，都贡献给了一样东西，即"死亡"。这座大工厂专门为特供队生产专用零式战斗机，使人感觉它就像一种自身轰鸣、低吟、哭泣、咆哮的那种黑暗的宗教。我认为，如果没有某种宗教式的夸张，就不可能有如此庞大的机构。甚至连董事们的中饱私囊也带有宗教的色彩。

有时，鸣空袭警报宣告着这些邪恶宗教的黑弥撒时刻。

办公室里一片慌乱，有人操着一口乡音讲道："情报是怎样说的呀！"这房间里没有收音机，所长室的女事务员跑来紧急报告"敌数编队"等。报告的时候，扩音器里的沙哑声命令女学生和国民学校的儿童躲避。救护人员各处奔走给人们分发印有"止血时分"的红色标签牌子。当伤员急需止血时，就把时间填在这牌子上，然后别在胸前。警笛响起不到十分钟，扩音器里又传出"全体转移"的通知。

事务员抱着重要文件匆匆地奔向地下保险库。他们藏好文件之后，马上争先恐后地跑上地面，穿越广场，加入那些戴着钢盔或者防空头巾的群众之中。群众全都涌向正门。大门外面，是一片光秃秃的黄土平原。七八百米开外的缓缓起伏的丘陵的松林之中，挖了无数个防空洞。尘土飞扬之中，盲目的群众队伍分为两路，沉默而焦急地正朝着那里奔跑。至少，那里不是"死亡"的地方，即使是容易坍塌的红土小洞穴，也不是奔向"死亡"。

有一次假期，我回到家里，夜里十一点，我接到了入伍通知。电文要我2月15日报到。

像我这样羸弱的人在城市中并不少见,因此父亲出主意说:"去农村老家参加体检,你这种羸弱的体质更显眼些,可能会被淘汰掉。"于是,我就去近畿地方的老家 H 县参加了体检。农村青年可以易如反掌把袋装大米连举十次,而我只能提到胸部,惹得体检官哑然失笑,但他们最终还是将我列入第二乙种合格,如今又收到命令,不得不参加由农村人组成的粗野军队。母亲悲痛哭泣,父亲也垂头丧气。通知刚刚下发时,我也非常伤心。不过,另一方面,我又希望自己壮烈死去,这样一来也就想通了。可是,乘火车的途中,我在工厂患的感冒越来越严重了。自从祖父破产后,我们在老家已无寸土,到达老家的亲友家之后,我发高烧了,实在无法忍受。在这家人的精心护理下,服用了大量退烧药,我的情况好转很多。我基本上是雄赳赳地跨入了营房的门。

一时被药物压制住的热度又有了复发的迹象。入伍体检时,人要像野兽似的被扒光,来回徘徊时,我打了几个喷嚏。一个经验不足的军医,错将我支气管里的呼哧声当成诊音。基于这一误诊,确认了我的荒唐的病情报告,我还因此被检查了血沉。由于感冒发烧,表现出非常高的血沉。于是,我被诊断出"肺浸润",并命令我即日回家。

一出营房门,我撒腿就跑。冬季里荒芜的下坡路,通向下方的村庄。就好像在飞机工厂一样,我的双腿在奔跑,既不是朝着"死亡"奔跑,也不是向着"死亡"的方向奔去。

夜行列车的窗玻璃破了，我一边躲避着吹进来的冷风，一边忍受着高烧的寒战和头疼的折磨。"你要去哪里呢？"我问自己。难道要回到凡事优柔寡断的父亲统治的东京家里，因未能疏散而提心吊胆吗？要回到那个被黑暗和不安笼罩的城市吗？要回到那个瞪着一双双家畜一样眼睛向你询问"没事吧，没事吧"的群众之中吗？还是要回到那座尽是患有肺病的大学生，带着毫无抵抗的表情，聚集在一起的飞机工厂的宿舍？

我倚靠的椅背，随着火车的震动，背后的板缝松动了。有时我闭上眼睛，幻想着我在家时空袭将全家炸死的情景。一股无可言喻的厌恶感从这样的幻想中生出。日常生活和死亡的这种联系给我带来的奇妙的厌恶是最强烈的。不是说就连猫咪临死前，也要躲起来不愿让人看到它的死状吗？我想象着家人去世的悲惨状态，或家人看到我死去的悲惨状态。只要想到这一点，我的胸口涌上一阵呕吐感。只要想到"死"这同一条件降临全家的时候，只要想到濒死的父母和孩子互相对视着，全都露出死亡的共鸣。我一想到这眼神，只能认为这是天伦之乐、阖家团圆情景的一种可恶的复制。我希望自己在他人中间快乐地死去。这与希望死在大庭广众之下的埃阿斯①的希腊式心情是不一样的。我所追寻的，是

---

① 埃阿斯，希腊神话中的英雄，参加过特洛伊之战。阿喀琉斯战死

一种自然式的自杀。我所期盼的，是一只尚不狡猾的狐狸，满不在乎地傍山而行，最终因自己的无知而被猎人枪杀的那种死法。

——那么，军队不是最理想吗？我寄希望于军队的，不正是这一点吗？但我为什么要对军医说自己低烧半年、肩膀酸痛得要死、痰中带血，昨夜满身虚汗（那当然是因为我服用了阿司匹林嘛）呢？为什么当我被命令即日回家时，居然会感到一股微笑的压力，拼命按住自己的面颊，以免发出笑声呢？为什么我一迈出房营门就加快步伐呢？难道我背叛了自己的愿望吗？我无精打采、双脚发麻，拖着沉重的脚步走路究竟是为什么呢？

我很清楚，我的足以逃脱军队意义上的"死亡"的生命，并未耸立在我眼前。所以，我很难理解促使我从军营中逃脱的力量源泉。我还是想活下去的，不是吗？这种活法，也是一种缺乏意志、气喘吁吁地冲向防空洞瞬间的活法。

于是，我心底的另一个声音忽然大喊：我从来没有想过要死，甚至一次也没有。这句话，解开了我内心深处的羞辱感。虽然很难说出来，但是我明白了。我对军队的期待，只是死亡这种说法是假的。而且保持这种期待的力量，只不过是世人怀有的对原始妖术的坚信，是"唯独自己绝不会死"

---

后，他因争夺甲胄继承权失败而自杀。

的坚信罢了。

于我而言，这是多么令人讨厌的想法呀。我宁愿觉得自己是个被"死亡"遗弃的人。我宁愿像外科医生做内脏手术一样，集中微妙的神经，将想要死去的人却不能死去的那种奇妙的痛苦，当作外道①去凝视。甚至觉得，这种心灵上的快乐程度，几乎全是邪恶的东西。

校方因和N飞机工厂感情不和，制订出这样一个计划——2月底把学生全部撤回，并且在3月份复课一个月，从4月初开始动员学生去其他工厂参加劳动。不过在2月底，几千架小飞机空袭。虽说3月复课，只不过说说而已，人尽皆知。

这样，相当于在战争最激烈之际给了我们享受无所事事的一个月假期。我们似乎取得一束潮湿的焰火。然而，与一包派不上什么用场的干面包相比，受潮烟花的馈赠更让我高兴。因为它的确像大学给学生的笨拙的礼物——尽管对这个时代毫无用处，却也是件伟大的礼物。

我的感冒好了，几天后，草野的母亲打来电话说："草野所在的部队在M市附近驻扎，3月10日允许见面，要一起去吗？"

我当即答应下来，迅速去草野家商议此事。当时最安全

---

① 外道，佛语，指不合佛法的教义。

的时间段是傍晚至第二天八点这段时间。草野家刚吃完晚饭。他的母亲是一名寡妇。这位母亲和三个妹妹邀请我坐在被炉旁。他母亲向我介绍了那位弹钢琴的姑娘。她叫园子,和钢琴名家I夫人重名。我想起那时听见的钢琴声,略带揶揄地开了几句玩笑。十九岁的她在昏暗的遮光灯下涨红了脸,没有说一句话。园子穿着一件红色的皮夹克。

3月9日清晨,我去草野家附近的车站,站在月台上等待草野家的人。隔着铁路的一家家商店因强行疏散而濒临倒塌的情景,清晰可见。新鲜的咯吱咯吱声,撕碎了清冽早春的大气。有些被拆毁的房屋,还露出了耀眼的新木纹。

早晨,尚有寒意。最近几日,没有听到过警报声。这段时间里,空气越发清新起来,现在已经露出纤细的预兆。大气好像一弹便会雅声四起的琴弦。使人感到瞬间就要达到堪称音乐的、充满丰饶而虚无的静寂。即使落在人影皆无的月台上清冷的阳光,也仿佛在音乐般配的预感中战栗不已。

此时,对面的台阶上有一个穿着浅蓝色大衣的少女走下来。她扯着小妹妹的手,保护着小妹妹顺着台阶一级级地向下走来。另外一个十五六岁的大妹妹则耐不住这缓慢的行进,不过她也并未着急先走下来,而是故意以"之"字形顺着冷冷清清的台阶行走。

园子貌似还没有发现我,可我很清楚地看到她了。有生以来,我还从未看到过一个美丽到让我如此心动的女性。我感到热血沸腾，我的心灵变得纯净。我这么写，想必从头读下来的读者难以相信吧。要说原因的话，是因为我难以区分我对额田姐姐这种人为的单相思，以及这种澎湃的心潮。这种严格的分析，只有在这样的场合之下才没有理由被置之不顾。如此一来，撰写的这种行为从最开始就成了徒劳。因为人们会认为我所撰写的只不过是我随心所欲的产物而已。因此，只要我能前后呼应，所有的事都OK了。可是，我的一部分准确记忆告诉我，如今的我与过去的我存在着一点差异。那就是悔恨。

　　走到还剩两三级台阶时，园子才看见我，只见她那冻得红彤彤的水灵灵的脸颊上浮现出笑容。一双黝黑的眸子，带着几分凝重的惺忪的睡眼闪烁着光芒，似乎想说些什么。于是，她将小妹妹交给十五六岁的妹妹，顺着走廊朝我奔来，身姿轻盈若摇曳之光。

　　我望着朝我奔来的清晨的造访者。那不是我从小就生硬勾画的具备肉体属性的女子。若是那种人，我只要虚情假意地迎上去就好了。然而，让我深感为难的是，我的直觉使我发现只有从园子这里才可以发现自己的另一种东西。那就是园子带给我的一种不恰当的深沉且朴实的感情。尽管如此，却也不是卑微的自卑感。当我每一瞬间看着向我走来的园子时，一种无法排遣的悲伤侵袭了我。这是一种从未有过的感情，是一种好像可以动摇我存在根基般的悲伤。至今为止，我都怀着孩子一样的好奇心和虚假的肉感这种人工的汞合金的感情来看待女子。从来没有哪一次能够这样从最初的一瞥，心灵就被一种深沉的、难以说明的，并且绝非我伪装的悲伤所震撼。我意识到这就是悔恨。然而，有什么给予我悔恨资格的罪孽吗？虽然是一种明显的矛盾，可难道有先于罪孽的悔恨吗？我的存在本身就是悔恨吗？难道是她的身影唤醒了我身上的悔恨？或许，这正是罪孽的预感呢？

——园子已经无可抗争地站在我面前了。她看我正在发呆，又把刚刚行了一半的鞠躬礼重新来了一遍。

"让你久等了吧？母亲和祖母她们（她使用了奇妙的语法，说着脸红了）还在准备，或许要来得晚一点。哦，请稍等一会儿，等一会儿要是还没到的话，我们就先去 U 车站好吗？"

她磕磕巴巴说了这样几句话后，再次长舒一口气。园子身材修长，她的个头差不多到我的额头。上半身十分优雅匀称，那双腿也很美。她那张素颜的稚嫩的圆脸，像极了一幅天然未经修饰的圣洁灵魂的肖像画。她的嘴唇微微干裂，反而因此显得生动。

接下来，我们闲聊了两三句。我尽力表现得非常快活，努力地让自己看起来像个足智多谋的青年。但是，我讨厌这样的我。

电车好几次在我们身边停下来，接着又发出吱嘎吱嘎的声音开走了。这车站并没有很多上下车的人。每当车停下来时，就会将照射在我们身上的温馨的阳光遮住。但是，随着电车的离开，重返我脸颊的温暖阳光使我战栗。如此炽热的阳光遍洒我身，无时无刻、毫无所求地存在我的心里，我仿佛觉得这是某种不祥之兆，比如几分钟后会突遭空袭，我们当场被炸死之类的不祥之兆。我们的心情不配享受这份短暂的幸福。反过来讲，我们却沾染上了一种视短暂的幸福为恩宠的恶习。我和园子两人话语稀少、面面相觑给我心中产生的效果，就是这样。想必，支配园子的行动也是同一种力量吧？

园子的祖母和园子的母亲迟迟不到，好几班电车都过去了，我们只好登上随后来的电车，去往 U 站。

在 U 站杂乱的人群里，我们被大庭先生叫住了。他也是去看望和草野在同一个部队里的儿子。这位执意戴礼帽穿西服的中年银行家，带着女儿。她和园子相熟，但远远没有园子漂亮，不知为何这居然能让我高兴。怎么会有这种感情呢？园子想亲密地与她交叉握手，可她却甩开了。看到她那副天真无邪的样子，想到园子作为美好特权的优柔的宽容，这使她看上去比实际年龄大一些。看到这一点，我终于明白了。

车厢里面人很少。我和园子仿佛偶然地面对面坐在车窗旁边。

大庭先生那一行人，包含女佣在内一共三个人。我们费了半天劲才凑齐六个人。要是我们九个人一列排开横着坐的话，估计会有一个人坐不下。

我装作一无所知，暗自快速地计算着。可能园子也估算到了吧。我们两个人面对面重重落座，然后"恶作剧"般相视一笑。

经过一番艰难的计算，最终大家默许了我和园子这个小离岛的存在。从礼仪上说，园子的祖母和母亲应该和大庭父女相对而坐，园子的小妹妹毕竟是妹妹，她马上选择了既能看到母亲的脸，又能看到窗外景色的地方坐下了。她的小姐姐紧挨着她。因此，只有大庭家的女佣照看着两个女孩子的座位，简直变成了运动场。破旧的座椅靠背，把我、园子和他们七个人隔开了。

火车还未开动，大庭先生就开始滔滔不绝地讲起来，一行人都被他镇住了。他那低沉的女性般的絮叨，除了要求随声附和，绝对不给对方任何权利。透过椅背的阻隔我们可以发现，就连草野家最爱絮叨的、看起来很年轻的母亲也被搞得目瞪口呆。她的祖母和母亲"啊、啊"地附和着，偶然在关键处笑一笑，就连大庭先生的女儿也一言不发。没过多久，火车开动了。

火车离开车站后，阳光透过脏兮兮的车窗玻璃，落到了凹凸不平的窗框以及披着大衣的园子和我的膝盖上。我们两个人都默不作声，侧耳听着邻座的谈话。有时她的嘴角会露出一丝丝微笑，我立马就被这微笑给传染了。每逢此时，我们的目光不免会交会在一起。于是，园子随即避开我的视线，又侧耳听着邻座的声音，双目炯炯，一副调皮而无忧无虑的样子。

"我准备，死的时候就穿这身衣服。要是穿国民服或者绑腿裤去死，绝对死不痛快。我也不让我的女儿穿长裤。我要让她死的时候像一个女人，这难道不是做父母的慈悲吗？"

"是啊，是啊。"

"来讨论另一个话题吧。要是你们搬走行李时，请告诉我。我知道缺少男人的家庭有诸多不便。如果有需要，请尽管吩咐。"

"那就麻烦您了。"

"我们买下了整个T温泉的仓库。我们银行职员的行李全放在那里。可以说，存放在那里绝对安全。不管是钢琴或者是其他东西都没问题。"

"真是麻烦您啦。"

"除此之外，据说令郎那个队的队长人很好，挺幸运的呀！听说，我孩子那个部队的队长，连士兵家属来探望所带的食物都要扣下一部分。如此看来，真是天壤之别啊。据说会面日的第二天，那位队长就得了胃痉挛。"

"哎哟喂，哈哈哈！"

园子再次忍住浮现在嘴角的微笑，样子看起来有些不安。然后她从手提包中取出一本文库本的书。我有点不乐意了，可我对那本书的书名产生了兴趣。

"是什么书？"

她一边笑着一边如同扇子般打开了书，把封面朝向我。封面上印着《水中仙女》[①]的字样——后面的括弧里注有"翁丁"二字。

我感觉后面的椅子上有人站了起来，原来是园子的母亲。她想要去制止小女儿在座位上又蹦又跳的行为，而且还能够趁机逃脱大庭先生那滔滔不绝的谈话。不过，远远不止这些。目前将这个爱闹的小女孩和她那早熟的小姐姐带到了我们的座位前面，这样说道：

"来，请让这两个吵闹鬼跟你们在一起吧。"

园子的母亲是位优雅的美人。她那装点着文雅谈吐的微笑，有时竟显得十分可怜。我认为，眼下她说话时所露出的微笑好像也包含着几分悲伤的不安。园子的母亲一走，我和园子的视线又交汇了。我从胸前的口袋中掏出笔记本，从里面撕了一张纸片，用铅笔在上面写道：

---

[①] 《水中仙女》，又称作《翁丁》，是德国小说家、剧作家富凯（1777—1843）的代表作，描写了水中仙女翁丁嫁给一骑士，从而获得灵魂而变成人的故事。

"你妈妈不放心哟！"

"写的什么？"

园子侧着探过头来。我闻到一股孩子般的头发的芳香。她读完纸片上的字后，低下了头，脸颊一直红到了脖颈处。

"喂，你讲过吗？"

"哎呀，我……"

我们的视线再次交会在一起，彼此心照不宣。我觉得自己的脸颊也在燃烧。

"姐姐，那上面写的什么？"

小妹妹伸出手来。园子迅速藏起纸片。大妹妹像是已经觉察出其中的原委。她紧绷着脸，露出不快的神色。因为从园子大声呵斥妹妹的行为中，她似乎就明白了其中的原委。

我和园子多亏这次机会，反倒让我们谈话更随便了。她讲到了学校的事，读过的几部小说，还有关于他哥哥的情况。我有自己的做法，我立马将话题引向普通的问题。这是勾引术的第一步。我们太过亲密地交谈，没有理会两个妹妹，她们又跑回了原来的座位上。如此一来，母亲有些为难地笑了笑，又将这两个发挥不了什么监视作用的妹妹领到了我们的身边。

这天晚上，我们一行人住在靠近草野所在部队的 M 市的一家旅馆中，已经临近睡觉的时间了。我和大庭先生分配在一个房间。

房间里只有我们两人的时候，银行家公开披露了他那反战思想。到了1945年春天，人们只要聚在一起便开始议论反战，我早已听得耳朵起了茧。他将嗓门压低喋喋不休地说起一家大贷款户陶器公司，用弥补战祸为借口，期盼和平，计划大规模生产家用陶瓷器。他还提到向苏联讲和的问题，真让人受不了。我很想静下来考虑些自己的事情。他摘下眼镜，面孔显得格外肿胀，消失在关灯后所晕开的阴影之中。两三次天真的叹息，缓缓地传遍整个被窝，不久便呼呼睡去。我感觉裹着枕头的新毛巾扎着我发烫的脸颊，同时陷入沉思之中。

当我独自一人时，总能感到阴郁的烦躁威逼而来，现在又添加了一层今早看到园子时动摇我存在根基的悲哀，那情景再次清晰地浮现在我的心中。它揭穿了我今天的一言一行，一举手一投足的虚伪。虽然断定为虚伪，可这样的断定与误以为其全部都是虚伪的痛苦的揣测相比也不能算痛苦吧。于我而言，这种特地揭穿它的做法，在不经意间变得简单了。此时，我那对于所谓的根本条件、所谓的人心的可靠组织的固执的不安，只会将我的内心引向没有结果的循环。若是其他青年会怎么想呢？若是正常人又会怎么想呢？这种强迫观念在叱责我，立即把我认为确实已经收获的一丝丝幸福也彻底粉碎了。

往日里的"表演"彻底成为我组织的一部分，它早已不是表演了。这种把自己扮作正常人的意识,侵蚀着我内心原本的正常,我不得不时时提醒自己:这是伪装出的正常哟。反过来讲,我可能正在变成一个只相信虚假东西的人。这样一来,我对园子心理上的亲近,从一开始就是虚伪的感情。这种感情,很可能是"但愿它是真实之爱"的欲求,以一副假面孔表现出的形式。这样的话,我或许正在变成一个连自己也否定不了自己的人。

就这样,我进入了迷迷糊糊的状态。突然,平日里那种不吉利的却有着迷惑夜间大气层的轰鸣声,往这边传来。

"那是警报声吧?"

银行家的敏捷反应把我吓了一跳。

"啊。"

我含糊不清地回答了一句。警报声一直微弱地响着。

会面的时间定得很早,大家六点钟就起床了。

"昨晚,警报响了是不是?"

"没呀。"

大家在盥洗室互致早安时,园子一脸严肃地予以否定。回到房间后,这件事成了两个妹妹笑话园子的好素材。

"没听见的只有姐姐一个。哎呀,真的太好笑了。"小妹妹附和道。

"我都被惊醒了。醒来耳边就传来了姐姐打呼噜的声音呢。"

"是呀。我也听到了。那呼噜声好厉害,响得连警报都听不清了。"

"我说了,请将证据拿出来呀。"园子在我面前将脸憋得通红。

"造这么大的谣,以后有你们好看的。"

我只有一个妹妹。从小我就向往姐妹多的热闹家庭。这种姐妹之间热闹非凡地半开玩笑的争吵,在我看来,是这个世界上最鲜明最实在的幸福映象。它又一次唤醒了我的痛苦。

早饭时的话题,全是关于昨晚的警报可能是三月份以来的首次警报。大家都想得出一个共同的结论:昨晚只是警戒警报,空袭警报并没有响,因此问题不大。我无所谓,怎么都可以。我心想,如果在我正好外出的时候,空袭烧毁了我的家,炸死了我的父母兄妹,反倒干净利索了。我不认为这空想有多么冷酷无情。因为凡是可以想象到的事态每天都会平静地发生,反倒不断削弱了我们的空想力。比如全家毁灭的幻想,要比银座商店摆着的成排的洋酒瓶、那闪烁在银座夜空的霓虹灯的想象要容易许多,这简直易如反掌。这种没有抵抗的想象力,不论其外表多么冷酷,都与心灵上的冷酷无关。这只不过是一种倦怠的不严格的精神表现而已。

今日从旅馆里面走出来的我,和昨夜一个人时充当悲剧演员的我,简直判若两人,早就摆好了一副浅薄骑士的架势，一心要帮园子拿行李。这种做法，是故意在众人面前赢得某种效果。这样的话，她的避讳，较之对我的避讳，就可以理解她顾忌祖母、母亲这种意义上的避讳。结果，她再次欺骗了自己。园子应该意识到，她越顾忌祖母和母亲，就越亲近我。这小小的计策发挥作用了。她把皮包递给我以后，她就自然不再离开我的身边了。明明有同龄的朋友，园子也不和她搭话，只和我讲话。我怀着奇妙的心情，时时刻刻注意着园子。早春季节夹杂着灰尘的迎面风，吹散了园子那哀切而天真无邪的娇滴声。我穿着大衣，通过肩部的上下运动，试了试园子皮包的重量。这重量好不容易才为我那盘踞在内心深处的、类似来访者的内疚做出辩护。

刚到达市郊，祖母首先叫起苦来。银行家返回车站，像是用了什么巧妙的手腕，不久就为大家雇了两辆小轿车。

"喂，好久没见了。"

我和草野握手。我的手好像触到伊势龙虾壳一样，不禁一缩。

"你这手……怎么啦？"

"唔，你吃惊了吧。"

他已经具备了一种新兵特有的凄凉而招人疼爱的性格。他将双手并齐伸到我的面前，手上的皲裂和冻疮全都被尘土和油垢粘住了，变成了一双虾壳似的惨兮兮的手。而且，那是一双潮湿冰冷的手。

这双手震慑着我的方式,与现实震慑我的方式完全一致。我从这双手上感受到了本能的恐怖。实际上,我害怕这双毫不留情的手对我内心的告发,对我内心的指控。我害怕面对这双手时,一切都无可伪装。这样一想,园子的另一个存在立即具有了意义,成为我柔弱良心抵抗这双手的唯一的铠甲和唯一的连环甲。我感觉我不管怎样都必须爱她。这就是我藏于心底的客观存在,比往日藏于心底的内疚还要更深一层……

一无所知的草野天真地说:

"洗澡时,用这双手搓搓就行了,都不需要搓澡巾了。"

他的母亲轻声叹了口气。我只觉得这时的自己是个厚颜无耻且多余的人。园子不经意间抬头望了我一眼。我垂下了头。虽然不合情理,可我总感觉有些什么事情必须向她道歉。

"咱们出去吧。"

他有些难为情,粗鲁地推了推祖母和母亲的后背。只见,每家都围成一团,坐在寒风凛冽的营房枯草坪上,拿出好东西给新兵吃。遗憾的是,不管我怎么揉眼睛,也无法看出其情其景美在何处。

没过多久,草野也同样盘着腿坐在圆圈中间,他吞食着西式点心,目光不停地闪烁,随后望着东京方向的天空。从这片丘陵地带远眺荒原彼方,可见M市地处盆地,更远处的低矮山脉重叠的间隙就是东京的上空。早春的寒云，在那里降下了稀薄的暗影。

"昨天夜里，那边天空一片通红，可能事态严重了。你家不知道还能不能保住呢。以前空袭时，那边的天空可没见这样红过啊。"

草野滔滔不绝地说了一通，还说如果祖母和母亲不趁早疏散，恐怕他每晚都睡不安生了。

"明白了。奶奶保证过会尽快疏散的。"祖母做了有力的回复，然后，从腰间掏出一个小笔记本和牙签大小的自动铅笔，仔细地写了些什么。

回程的列车气氛阴郁极了。在车站碰到的大庭先生也一反常态，一言不发。一个个好像都成了感想的俘虏，将他们平日里藏于内心深处的那种"骨肉之情爱"翻了出来，感到刺痛。他们或许认为会面，唯一能向对方吐露的，恐怕只有一颗赤裸的心，他们怀着这颗心见到自己的儿子、兄长、孙子、弟弟以后，才发现这颗赤裸的心只不过是各自夸耀自己无益的流血罢了，是一种徒劳。至于我，则一直在寻找那双可怜的手的幻影。灯亮时分，我们乘坐的火车到站了，从这里再换乘省营电车。

在那个地方，我们第一次亲眼看到昨晚空袭后的惨象。灾民挤满了天桥。他们裹在毛毯里，露出一双双无所视、无所思的眼睛。说得更准确点，只是一双眼球。一位母亲以同样的频率摇动她膝上的孩子,似乎打算永远这样摇晃下去。一个姑娘在行李上睡着了,头上还插着半截烧焦的人造花。

我们一行人从他们中间穿过,甚至都没有责难的眼神投向我们。我们被漠视了。只因为我们没有分担他们的不幸,我们存在的理由便被抹杀,被视作影子一般看待。

尽管如此,我的心中好像有某种东西开始燃烧。排列在眼前"不幸"的行列,带给我勇气和力量。我理解到革命所带来的亢奋。他们看见例如人际关系、爱憎、理性、财产都被大火包围。此时,他们与之相斗的,并非大火而是人际关系、爱憎、理性以及财产。此时,他们好像遇难船上的船员,处于为了一个人的生存可以杀死另一个人的条件下。为拯救情人而丧生的男人,不是被烈火烧死而是被恋人所杀。为了拯救孩子而丧生的母亲,不是被别人杀死而是被孩子所害。因此,他们互相厮杀的,或许是各种人类从未经历过的普遍而根本的条件吧。

在他们身上,我看到惊人的戏剧留在他们面部的疲劳的痕迹。一种强烈的信念在我的心中迸发。虽然只有数秒,但我感到我对人类的根本条件的不安,被拂拭一净。我真想仰天长啸。

如果我稍微富有内省力和智慧,或许我就能够深入斟酌这些条件吧。但可笑的是,一种热忱的梦想,促使我的手臂首次伸向园子的腰部。或许连这小小的举动也在向我传达,所谓"爱"这个惯用的称呼,早已变得无足轻重。我们就这样领先一行人快步通过了昏暗的天桥。园子什么也没讲。

可是,不可思议的是,当我们乘上省营电车,坐在一起,彼此对视的时候,我发现园子凝视我的目光中带着几分紧张的情绪,尽管如此,却放射出黝黑而柔软的光辉。

我们改乘了都内环行电车,灾民约占了乘客的百分之九十。这个地方更明显地弥漫着火的味道。毋宁说,人们正自豪般地高声述说着自己经受过的劫难。他们真正是"革命"的群众。为什么呢?因为他们全是一些怀着辉煌的不满、充溢的不满、意气风发且兴高采烈的不满的群众。

我独自一人在 S 站告别了他们一行人,将她的皮包送回她的手中。我一边走在黑漆漆的回家的路上,一边不知几次想到自己的手中已经没有那个皮包了。这时我才意识到那个皮包在我们之间发挥了多么重要的作用。这原本是一件小小的苦差,但于我而言,为了不让良心快速地爬向制高点,我常常需要一个重物,换言之,就是需要这样的苦差事压住才好。

家里人带着若无其事的表情迎我回家。提起东京,真是辽阔呀!

两三天之后,我带上答应要借给园子的书去了草野家。此时,若说一个二十一岁的小伙子为一个十九岁的姑娘挑选小说,自然不用列出书名也大体上能够猜得出来。于我而

_123

言,自己做了一件再普通不过的事,却得到了异常的喜悦。据说园子正好外出到附近去了,马上就回来,因此我就在客厅里等她。

此时,早春的天空阴沉沉的,好像死水一般,开始下起雨来。园子在回家的路上淋了雨,头发上闪动着点点水珠走进昏暗的客厅。她瑟缩着肩膀,坐在长椅上的漆黑一角。她的嘴角露出一丝微笑。红夹克下面隆起的胸脯,浮现在黑暗之中。

我们的交谈是那样的胆小,那么寡言少语。对我们来说,这还是第一次两个人单独待在一起。我明白,我们之所以可以在那次短暂旅行的火车上轻松地交谈,八九成是邻座的饶舌和小妹妹们的闹腾所造成的。今天像前段时间那样,把写在纸片上的那唯一一行情书,亲自递到她手里的勇气也消失得无影无踪了。比起之前,我的内心变得更加谦虚了。我放任自己不理,倒有可能变成一个诚实的人。意思就是,我在她面前,并不害怕变成一个诚实的人。难道我忘记表演了吗?难道我忘记了那种完全作为一个正常人谈恋爱时的既定表演吗?不清楚是不是这个原因,我感觉自己好像全然不爱这个纯真的少女。尽管如此,我的心情却很好。

骤雨停了,夕阳照进室内。

园子的眼睛和嘴唇光彩耀人。她的美丽被转化成我的无力感,压在我的心头。这样一来,这种痛苦的思绪反而虚幻了她的存在。

"就拿我们来讲吧,"我开了口,"不知还能活多久。现在或许就会有警报响起,可能飞机正载着轰炸我们的炸弹呢。"

"那该多好呀!"她顽皮地折叠着她身上的那条苏格兰斜纹呢条纹裙的褶皱,说话间仰起头来。此时,只见她那细汗毛上的光,印刻在她脸颊上,"不知为何,我老是想……当我们像现在这样在一块时,如果无声机飞过来将炸弹投下来……"

这是园子自己也没有意识到的一种爱的告白。

"唔……我也这样想。"我一本正经地答道。

这个回答多少基于我深刻的愿望,园子自然无法知晓。不过,仔细回想,这种对话简直滑稽至极。要是在和平的社会中,若不是互相爱慕,是绝不可能出现这种对话的。

"生离死别,简直令人讨厌,"我为了掩盖难为情故作嘲笑地说道,"这样的感觉你应该不会常有吧?在这个时代,别离是常见的,相聚反而是奇迹……仔细想想,像咱们这样能交谈上几十分钟,可能是个了不起的奇迹呢……"

"是呀,我也是……"她好像有什么话要讲,却又咽了回去。接着又极其认真,心情平静地说:"才刚见面,我们又要马上分开了。因为老祖母急着疏散呀。前天刚回到家中,她便立马发电报给在N县某村住着的伯母。于是,今天早晨对方来了长途电话。电报里这样写道:'请帮忙找房子。'伯母打来电话说：'目前难以找到房子，就疏散到我家来吧。如此一来，热热闹闹的，我也开心。'祖母的性子很急，她要求我们在这两三天内便要搬过去。"

我连一句轻声附和都没有。我内心所受到的沉重打击，就连我自己也感到惊讶。我的舒畅的心情，无意中引发一种错觉：一切都按照目前的样子，两人将会共度一段密不可分的时光。在更深的意义上，这对我来说是双重的错觉。她宣告离别的话语，告诉我眼下幽会的枉然，也揭示出它只不过是眼下喜悦的一种假象，摧毁了它认为是天长地久之物的幼稚的错觉。与此同时，就算没有离别的到来，男女之间的关系，也是禁止停留在原封不动的状态中的。这样的觉醒，已经击碎了另一个错觉。我痛苦地清醒过来。为什么不能照这样下去呢？这个从少年时代起我就不知道问了几百遍的问题，又一次浮现在我的嘴边。为什么一定要破坏这一切，为什么一定要改变这一切，为什么一定要将这一切都推入流转中？这种奇怪的义务是上天让我们承担的吗？这种带着不快的义务难道就是世上所谓的"生"吗？于我而言，难道这不只是一种义务吗？至少可以肯定，只有我才能感觉出这种义务是一种沉重的负担。

"哦，你这就要离开了……当然，就算你留了下来，我也要马上离开了……"

"你要去哪里呀？"

"3月底或者4月初,我又要去一家工厂了。"

"如果空袭,岂不是十分危险吗?"

"的确十分危险。"

我丢下一句自暴自弃的回答,便匆忙回家了。

第二天一整天,我沉浸于安逸之中,因为我免除了必须爱她的义务。我十分开心,一会儿放声歌唱,一会儿踢飞可憎的《六法全书》。

这种奇妙的乐观状态整整持续了一天。我像孩童般熟睡。深夜的警报声再次响彻四方,打破了我的熟睡。我们一家人一边抱怨,一边钻进防空洞,不过没有发生任何事。没过多久便传来了解除警报的声音。在防空洞里面昏昏欲睡的我,戴上钢盔,挎起水壶,最后一个爬上地面。

1945年的冬天迟迟不肯退去。虽然春天已经像豹子一样悄悄走来了,然而冬天依旧像动物笼子似的,微暗且固执地拦在前面。闪闪星光中仍透出寒冰之色。

我睡眼蒙眬,在装点残冬的常绿树的树叶丛中,看到几颗渗着暖意的星星。那夜间逼人的寒气融入我的呼吸中。突然,我被一种观念打倒:我爱着园子,却不能与园子共同生活的世界对我来说一文不值。来自心底的一个声音说:"可以忘掉的东西就忘掉吧!"于是,一股动摇我存在根基的悲伤涌上了心头,我的心情如同后来焦急地等待在清晨的月台上见到园子的身影一般。

_127

我实在无法待下去了,懊悔到一直跺脚。

尽管如此,我还是忍了一整天。

第三天的傍晚时分,我又去看望园子。正方门外一个工匠模样的汉子正在捆行李。他用草席包裹起沙地上如同长方形衣箱般的东西,再用粗绳子捆绑起来。看到这样的景象,我内心充满不安。

她的祖母出现在门口。祖母背后堆积了一大堆早就捆绑好只等着运走的行李,门厅内的地上全是稻草屑。我看见祖母突然惶恐不安的表情,当场就决定不见园子,立马回家。

"请将这本书交到园子手上。"

我像书店的小伙计那般,递给她两三本轻松的小说。

"常常劳烦你,实在不好意思。"祖母这样讲道,丝毫没有要叫园子出来的意思。

"我们一家已经决定明晚搬去某村了。一切进展顺利,没料到能够提前出发呐。T先生已经接管这间房子,变成他公司的宿舍了。真是不舍得离开呀。我的孙女们都喜欢与你亲近,正高兴着呢。欢迎你常来某村玩。等我们安顿下来,会写信给你的,请一定过来玩呀。"

社交家祖母的这一番话,并没有什么让人不高兴的。但是,那言语就像她那过于整齐的假牙一般,只不过是无机性质的排列罢了。

"祝你们全家身体健康,生活开心。"

我只讲出这一句话，无法说出园子的名字。此时，园子貌似被我的踌躇吸引了过来，她的身影出现在最里面的楼梯上方的转弯处。她一只手拎着盛帽子的大纸盒，另一只手抱着五六本书。她的头发被高窗上落下的光线映得火红，好像正在燃烧。她一看到我，便大声呼喊，那声音也让祖母吃了一惊。

"请稍等。"

她说着撒腿跑向二楼，发出了咚咚咚的脚步声。我望着一脸惊诧的祖母，心中好生得意。祖母一边抱歉道：家中行李摆得乱七八糟的，没有空房间让你进去坐坐，说完便急忙进了屋。

不一会儿，园子满脸绯红地跑下楼来。我呆立在门厅的一角。她走到我的面前，默默地穿上鞋子，站起来对我说：我送送你吧。这种命令式的高昂语气里，有一股让我感动的力量。我一边随意摆弄着制帽，一边凝视着她的一举一动，像个天真的孩子般。心中好像有一种东西令脚步声戛然而止了。我们互相依偎着走出房门，默默地踏着砂石路向山坡下方的大门口走去。忽然，园子停住脚步，重新系好鞋带，很长时间都没有系好。我又走到大门口，一边眺望街道，一边等她。我不明白，一个十九岁的妙龄少女竟然会有这么可爱的招数。她的意思是想让我走在前面。

突然，她的胸脯从背后撞上了我穿制服的右胳膊。这是

_129

一种类似发生车祸时偶然的冲撞。

"……哎呀……这个!"

一个坚硬的洋信封的角儿扎到了我手掌的肉。我差点儿就攥碎了这封信,就像攥死小鸟一样。不知为什么,我总有点儿怀疑这封信的重量。攥在手中女学生趣味的信,不好随意看,不过我还是不得不扫了一眼。

"等会儿……回去以后再看吧。"

她好像呼吸困难一般,轻声地讲了一句。我询问她:

"回信要寄去哪里呢?"

"信里……写着呢……某村的地址。就请寄往那吧。"

说来也奇怪,离别居然一下子变成了我的乐趣。就仿佛玩捉迷藏时,当鬼的人刚开始数数,大家便各自散开找地方躲藏的一刹那的开心一般。这样一来,我身上居然出现了一种可以享受任何事情的奇妙的天分。幸亏这邪恶的天分,甚至连我的怯懦,在我的眼里也时常被视为勇气。不过,这种天分也可以说是人的美好的补偿,它不索取人生的任何东西。

在车站检票口,我们两个分开了,连手都没有握一下。

有生以来,第一次有人写情书给我,这让我欢天喜地。我等不到回家,也不管别人怎么看我,就在电车上拆开了信。于是,一叠剪纸卡片和教会学校的学生所喜爱的外国彩色画片,差点儿滑落出来。中间夹着一张浅蓝色信笺,在迪士尼的狼和儿童漫画下方，用工整的字迹写了如下文字：

十分感谢你借书给我。我带着浓厚的兴趣读完了它。由衷地祝福你在空袭之下也可以平安地生活。我到那边安顿好之后，会写信给你的。我的地址：县——郡——村——号。随函寄上些许薄物聊表谢意，万望笑纳。

唉！这是封多么了不起的情书呀。我那股子鲁莽的欣喜若狂的锐气一下子冷却了。我脸色苍白地苦笑。心里想着，谁会回信给你呀。最多写封印刷式的感谢信给你就很好了。

可是，在到家前的三四十分钟内，最开始打算写封回信给她的强烈愿望，逐渐为最初的"欢天喜地的状态"做辩护了。我马上可以想象到，她所受的那种家庭教育，根本不可能教她如何写情书那套写法的。因为是第一次给男朋友写信，她肯定考虑再三，不敢大胆动笔。比起这封没什么内容的信，确实已由她当时的一举一动来说明了。

突然，从另外一个角度袭来的愤怒控制了我。我再次拿《六法全书》出气，把它狠狠摔向房间的墙上。我责怪自己：你怎么这么窝囊呀！一个十九岁的姑娘就在你面前，为什么要如此急不可耐地等待人家来主动爱你呢？为什么自己不能干脆一点主动进攻呢？我知道你迟疑的原因，来源于你那异样的、莫名其妙的不安。既然是这样，那你干吗又要去找她呢？友人预言你活不过二十岁，现在还没死，你想要战死的愿望也暂时实现不了了。你好不容易才活到了这个年纪，你居然不知好歹，同一个十九岁的姑娘发生初恋还这么缩手缩脚。呸，瞧你有多大的进步哟。都二十一岁了，才开始与姑娘有情书往来。你莫不是将年月给搞错了吧？何况，已经到了这样的年纪，你不会连接吻的滋味还不知道吧？真是没用呀！

于是，另外一种黝黑执拗的声音揶揄我。这声音包含着一种温柔的真诚，以及我还未曾感受过的人情味儿。这声音疾风骤雨般地朝我打来——是在恋爱吧？这也不是不可以。不过，你对女人有兴趣吗？你是不是打算自欺欺人，说自己对她没有"卑鄙之念"，你对所有的女人都不抱有"卑鄙之念"。你打算忘却曾经的你吗？你有什么资格使用"卑鄙"之类的形容词呢？你到底有没有过想看女人裸体的想法呢？就算只有一次也好，你曾想象过园子的裸体吗？像你这么大的男子，看到年轻姑娘就禁不住想象她的裸体，这种不言而喻的道理，凭借你拿手的类推是不难想到的。我为什么要说这些呢？你不如问问自己，类推不是稍加修正就行了吗？昨晚你在睡觉以前，就已经进行那小小的旧习了。要是说这就是一种祷告，也不是不行。这种不值一提的邪教仪式，任何人都禁不住会做的。代用品一旦用惯了，用起来也挺舒服的。因为这东西可是立刻见效的催眠剂啊。然而，当时你心头浮现出的肯定不是园子吧。总之，这是奇奇怪怪的幻影，每次都会把旁观的人吓得魂飞魄散。白天你走在街头，只顾目不转睛地盯着极为年轻的士兵与水兵。那些青年正值你所喜欢的年龄，他们被日光晒黑了肌肤，他们与知识无缘，生着一副纯真的嘴型。你的眼睛只要看见这些小伙子，便马上目测他们的腰围。你难道打算法学部毕业后去当服装设计师吗？你很喜欢二十岁左右的无知青年那种幼狮一样的腰身。昨天一整天，你早已在心中将这几个小伙子给剥光了吧。因为你早已准备好了采集植物标本用的标本箱，要采集这几个 Ephebe① 的裸体带回家中。然后从中选择那邪教仪式上的供品。你从中选择最喜欢的人。下面的情景就让人目瞪口呆了。你将供品带到奇怪的六角柱旁边。然后用暗藏的绳子将这个裸体的供品反绑在柱子之上。供品一定会奋力反抗、竭力呼喊。后来，你真诚地向供品发出殷勤的死的暗示。这期间，一种不可思议的、天真的微笑爬上你的嘴角，促使你从衣兜之中掏出一把锋利的小刀。你走近供品，用刀尖轻轻地触及和爱抚他那紧致的侧腹的肌肤。供品绝望地惨叫着，他扭动身体，试图躲避刀刃，害怕的叫喊声越来越强烈，赤裸的脚抖动不已，两个膝头彼此碰撞。小刀沉甸甸地扎进他的腹部。当然，你这属于行凶。供品的身子向后弯曲呈现弓形状态，发出凄惨的叫声，被扎伤的腹肌痉挛。小刀冷静地插进起伏颤动的肌肉之中，犹如嵌进了刀鞘。泉水般的鲜血泛

---

① 拉丁语，古希腊受军训的成年男子。

着泡沫向上喷出，流向润滑的大腿。

你的欢喜在这一瞬间，才真正变成人类的东西。为什么呢？因为在这一瞬间，你才真正拥有属于你的固定观念的正常性。无论对方如何，你从肉体的深奥之处发情，这种正常的发情，与别的男人并无任何不同。你的心被充溢的原始苦恼所震撼。野蛮人深刻的喜悦在你的内心复苏。你的眼炯炯有神，全身热血沸腾。你充满了野蛮人所怀有的生灵显现力。ejocdation 的痕迹，野蛮赞歌的温暖气息，存留在你的身体之上，男女交欢后的那种悲伤不会袭上你的心头。你闪耀着放肆的孤独之光。你暂时漂泊在古老的大河的记忆之中。野蛮人的生命力所体会到的最终感动的记忆，是不是偶然间完全占领你剩下的性机能和快感呢？你又何苦处心积虑地伪装什么呢？有时，你也许可以触及人性存在的深刻的愉悦，但你不明白，这种事情往往需要爱和精神。

索性这样做吧。在园子面前，将你那非凡的学位论文展示一下怎么样？那是一篇寓意高深的论文，名曰《关于青年躯体曲线与血液流量的函数关系》。就是说，你选择的躯体，润腻、柔韧、充实，自上而下流淌的血液，可以勾勒出最微妙的曲线，这才是充满活力的躯体呀。奔流之血显现着最美最自然的纹路——可以说如同静静穿越田间的溪流，或者拦腰斩断的古老巨树的木纹——的躯干吧，一定如此吧？

——定是如此。

虽然这样，我的内省能够将那细长的纸片捏住，让其两头粘贴在一起，形成一个高深莫测的环形构造。刚以为是正面，实际上却是内侧。刚以为是内侧，实际上却是正面。后来，这样的周期越发缓慢起来。然而，二十一岁的我，只不过是被人蒙上眼睛围绕着周期的轨道旋转罢了。这样的旋转速度，因为战争末期那种动荡的末日感，几乎变得令人头晕目眩。原因、结果、矛盾、对立，全都让你无暇逐一地深入其中。矛盾依旧是矛盾，它用转瞬即逝的速度一闪而过。

大约一个小时后，我一心思忖着，应该怎样巧妙地回信给园子。

……这已经是樱花绽放的时节了。大家都没心思去赏花。东京能去赏樱花的，只有我们大学我们系的学生罢了。回家的途中，我有时独自行走，有时和两三个同伴，逍遥自在地去S池畔散步。

樱花出奇地妖艳。对花来说，可称为衣裳的红白帷幕、茶馆的热闹、赏花的群众、卖气球风车的小贩等，一概没有。盛开在常绿树空隙中的樱花，不禁使人联想到花的裸体。大自然的无偿奉献、大自然的无益奢侈，还从没有哪一次像今年春天这样出奇地妖艳。这难道不是正好说明大自然再次征服了大地吗？我产生了这样不快的疑惑。确实如此，今年春天的华丽非比寻常。菜花的黄、嫩草的绿、樱花树干水灵灵的黑，还有那笼罩在树梢上的阴郁的华盖，都成了带有某种恶意的艳丽色彩映入我的眼帘。这也就是色彩的火灾。

我们一边漫步在樱花丛和池子之间的草地上,一边争论着毫无价值的法律论。那时,我很喜欢听 Y 教授讲授国际法课的那种讥讽效果。面对空袭,Y 教授依旧积极乐观,继续讲授他那无休无止的国际联盟课。于我而言,我觉得好像正在上麻将课或国际象棋课。和平!和平!这个始终像远方响铃一样的声音,我只能将它当作一种耳鸣。

"这是关于物权的请求权的绝对性问题。"

一个来自乡下的学生 A 说了这样一句。他皮肤黝黑、身材魁梧,却因为患有严重的肺浸润症而未能应征入伍。

"算了,不要争辩了。没意思。"

脸色苍白的 B 马上打断了他的话,一看就是个肺结核患者。

"空中有敌机,地上有法律……哼……"我不禁冷笑着说,"也许是天上有光荣,地下有和平呀!"

只有我一个人没有生肺病。我假装成心脏病患者。这个时代,要不然就得到勋章,要不然就是患病,二者选其一。

突然,樱花树下的草地上传来了一阵慌乱的脚步声,使我们驻足。有个人见到我们后,看上去十分惊慌。那是个身穿肮脏工服,脚穿木屐的年轻男子。之所以判定他是一个年轻人,不过是因为他的战斗帽下露出的头发颜色。他那蜡黄的脸色、稀疏邋遢的胡子、满是油污的手脚和肮脏的咽喉，都显示出与这个年纪没有任何关联的凄惨的疲劳。男子的斜后方，跟随着一个年轻的女子，她低着头，似乎正在怄气。她的发髻垂下来，上身穿着枯草色的衬衣，下身却穿着一条奇妙、时尚而崭新的碎白道花纹扎腿劳动裤。这肯定是征用工之间的幽会。他们好像是旷天一工，从工厂里面偷偷跑出来赏花的。他们看到我们大惊失色，可能是把我们当成宪兵了吧。

这对情侣经过我们旁边时，翻动着令人讨厌的眼神，瞟了我们一眼就离开了。我们不想多说什么。

樱花还未盛开之时，法学部再度停课，学校动员我们去距离 S 湾十几公里的海军工厂去当学生工。与此同时，母亲和弟弟妹妹疏散到郊区小农场的舅舅家中。东京的家里，只剩下一名老成的学仆照料父亲的生活。没有大米的日子里，学仆用研钵磨碎煮熟的大豆，煮成稀饭——仿佛呕吐物一般的东西——给父亲吃。自己也一起吃。他趁父亲不在家，将一点点副食品存货一通乱吃。

海军工厂的生活很自在。我从事图书管理员的工作，并且加入挖洞的劳动中。为了疏散零部件工厂，我和台湾的少年们一起挖掘一个巨大的横穴壕沟。于我而言，我和这些十二三岁的小鬼们成为好朋友。他们教我说台湾话，我讲故事给他们听。他们坚信台湾的神灵会庇佑他们的生命不会被空袭夺去,相信总有一天能够平安回国。他们的食欲达到有违人道的地步。一个机智的小家伙,成功地逃过值班厨子的眼睛,偷来了米和蔬菜,他们用几勺机械油做炒饭。我谢绝了这顿饱含齿轮味的"大餐"。

不到一个月,我和园子之间的书信往来,逐渐形成了一种特殊的关系。我在书信之中肆无忌惮地直抒胸臆。有一天上午,当警报解除后回到工厂时,我读着放在桌子上的园子的来信,手直打哆嗦。我任凭自己处于轻微的陶醉之中。我在嘴里一遍又一遍地重复着信里的一句话:

"我思念你……"

她不在身边,使我勇气大增。距离,给了我"正常"的资格。可以说,我掌握了临时雇用的"正常"。时间与空间的距离,将人的存在抽象化了。我的心中对园子一味倾倒,以及与此没有丝毫联系的、脱离常规的肉欲,可能由于这一抽象化,它们会以同一性质的东西与我合二为一,让我的存在毫无矛盾地固定于每时每刻。我十分自在。每天的生活不知有多么痛快。听说不久之后敌人将会从S湾登陆,可能会席卷这一地区。于是,死亡的希望比之前更加浓烈地弥漫在我的身旁。在此状态下,我依旧"对人生寄予希望"!

4月已经过了一半,一个周末,时隔许久我又被允许外宿,便动身回到东京家里。我从书架上挑了几本书带去工厂阅读,然后顺道去郊区母亲那边,准备在那边住一宿。没想到，归途的电车上遭遇了警报，一会儿停一会儿开。这时，突然一阵阵严寒向我袭来，我感到强烈的头晕目眩，灼热的疲倦遍布全身。以往多次的经验告诉我，这是扁桃体发炎引起的。刚到家，我便吩咐学仆为我铺好床铺，立马就睡了。

过了许久，一阵女子的吵闹声从楼下传来，我的心扑扑地跳动，额头也在发烧。听见有人上楼梯小跑过来，我微微睁开了眼，那大花图案的和服下摆映入我的眼帘。

"你怎么啦。真是没出息。"

"嘿，那不是茶子吗？"

"什么。分开五年之后再见面，你就不认识了？"

她是远方亲戚家的女儿。叫千枝子，亲戚们叫着叫着，就将她叫成"茶子"了。她大我五岁。上次见面是在她的婚礼上。听说去年她的丈夫战死之后，就有些情绪失常，变得豁达了许多。她那种豁达的态度，确实和传说中一般，也没有必要向她表示哀悼了。我感到无比惊讶，沉默不语。我感觉戴在她头上的大白绢花，要是摘了就好了。

"今天我是有事来找阿达的，"她叫了我父亲的名字，"是为疏散行李的事来求他。前段时间，家父讲过'要是能见到阿达，他肯定会介绍好地方给你的'。"

"家父今日大概会晚些回来。这没关系。"我见她的嘴唇太红，于是不安起来。可能是由于我在发烧，那种红好像刺疼我的眼睛，加剧我的头痛。

"但是,这样的……目前这样的妆容,出门的时候没遭人说闲话吗?"

"你已经到了注意女人化妆的年纪啦。但是,你这么躺着,还真像一个刚断奶的孩子呢。"

"真讨厌,去那边待着吧。"

她故意靠了过来。我不想我穿睡衣的样子让她看见,便将棉被一直提到了脖颈处。突然,她的手掌搁在我的额头上。那犹如针扎似的冰冷劲儿来得正是时候,感动了我。

"真烫呀。量体温了吗?"

"三十九度。"

"需要用冰敷呀!"

"冰块在哪里呢?"

"我想办法弄点过来。"

千枝子拍了拍和服袖子,愉快地到下了楼。没过多久,她又来到楼上,静静地坐下来。

"我让那个男孩儿去拿了。"

"谢谢。"

我看向天花板。她伸手取我枕边的书时,冰凉的丝绸和服袖子,触碰到我的脸颊。我突然渴望这冰凉的袖子。我心里想请求她将袖子放在我的额头上。很快我又打消了这个念头。房间里昏暗起来了。

"去拿冰的孩子动作太慢了!"

发烧的病人，在时间的感觉上有着病态般的准确。千枝子提到"太慢了"，我却感觉时间太快了。两三分钟过后，她说：

"太慢了，不知那孩子在磨叽些什么。"

"不是告诉你'不慢'了吗。"我神经质地吼道。

"真可怜，你生气了吗？你闭上眼睛，别一直用那吓人的眼神盯着天花板。"

我一闭上眼，眼皮就开始发烧，难受极了。突然，我感觉有什么东西触及我的额头。与此同时，轻微的呼吸也触及我的额头。我挪动了一下额头，发出一阵没有任何意义的叹息。于是，异样的炽人的气息融入我的气息中，我的嘴唇忽然被沉甸甸油乎乎的东西堵塞。牙齿相碰发出了声音。我不敢睁眼看。此时，一双冰凉的手紧紧地夹住了我的脸颊。

没过多久，千枝子缩回身子，我也半坐起来。在昏暗之中，两人对视了许久。千枝子的姐妹原本就是一名荡妇，我清楚地看见她的体内燃烧着同样的血液。然而，这正在燃烧的东西，居然与我生病发烧结成了难以形容的奇妙的亲热感。我完全立起身说道："再来一次吧。"一直到学仆回来之前，我们都没完没了地接吻。她不停地说："只接吻，只接吻啊！"

——我不知道这样的亲吻是不是包含肉感。无论怎么说，最初的经验本身就是一种肉感，所以，或许原本就没有辨别

_141

的必要。即使企图从我的酩酊之中抽出一般的观念性因素也毫无用处。重点是，我已经变成"会接吻的男人"。就像一个疼爱妹妹的孩子，每当在别人家看到有美味的点心端出来的时候，便立马会想到"真想让妹妹尝一下啊"，我与千枝子抱在一起的时候，脑海里却一直思念着园子。之后，我的心思全都聚集在与园子接吻的想象之中。这是我犯下的首个也是最严重的一个预估错误。

无论怎么说，对园子的思念渐渐把这最初的经体验变得丑恶。第二天接到千枝子来电时，我谎称我明天就要回工厂。我没有践约去幽会。这种刻意的冷漠，来自我首次接吻没产生快感的事实，我闭眼不看这个事实。对园子的爱，更加让我深感这样的行为很丑陋。我利用对园子的爱来当借口，这还是第一次。

就像初恋的少男少女，我和园子彼此交换了照片。我收到园子的来信，信上写着她将我的照片镶嵌在项链的坠子里，挂在胸前。但是，园子送给我的照片过大，只能放进折叠式的皮包之中。由于无法放进衣服的内兜之中，只好包在包袱皮中拎着走。我怕万一不在工厂，工厂失火，因此回家的时候也带着它。一天晚上，我在返回工厂的电车上，忽然遭遇警报，灯关了。紧接着，全都要疏散。我用手摸了一下行李架，结果行李架上放着的大包，与包裹着照片的包袱皮一块都被偷了。我十分迷信，心中感到不安。从这一天开始,那种一定要尽快去见她的情绪笼罩着我。

5月24日的晚间空袭,像3月9日半夜的空袭一样,使我终于做好决定。我和园子之间,可能需要这些众多的不幸之中释放出来的瘴气一样的东西。这就如同在某种化合物之中,需要加入硫酸媒介一样。

我们藏身于旷野与丘陵接壤处所挖的无数防空洞之中,看到东京上空烧得一片通红。爆炸不时发生,火光反射到苍穹,从浮云的缝隙中,能够窥探到奇妙的蔚蓝色白昼的天空。这是夜深之时出现的瞬间蓝天。无力的探照灯,宛如迎接敌机的探照灯一般,那淡淡的交叉成十字形的光束中央,时不时出现敌机的机翼,一个像东京的探照灯,不断地传递着穿梭的光束,完成殷勤的诱导任务。高射炮的炮击,近来也稀疏了不少。B29型轰炸机轻而易举地就能抵达东京的上空。

在这里能够分清在东京上空进行空战的敌我双方的战斗机吗?尽管如此,每当亲眼看到血红的天空中被击落下来的机影时,观众们都齐声喝彩。少年工们格外喧闹。各处的防空洞中,掌声和欢呼声响成一片。在此眺望远景,我感觉不管坠落的是敌机还是我机,本质上并无太大区别。所谓战争,原本就是这样。

一个晴朗的早上,我踩着仍在冒烟的枕木,通过窄木桥已有一半被烧的铁桥,沿着不通车的私营铁路路轨走回家。

我发现只有我家周围没有遭到战火的袭击,还完好无损。正好到这里泊宿的母亲和弟弟妹妹们,经过昨晚的火光照射以后,反倒更精神了。为了庆祝我家免遭战火的袭击,大家一起享用了从地下挖出来的羊羹罐头。

"哥哥,你是不是热恋着一个人?"

我一进门,十七岁的活泼的妹妹就问我。

"谁告诉你的?"

"我早就知道了。"

"喜欢一个人不可以吗?"

"当然可以。什么时候结婚呀?"

我心里咯噔一下。我此时的心情,就像逃犯偶然间被陌生人说出有关犯罪的事实一般。

"提什么结婚呀,我不可能结婚的。"

"你真不道德。压根就不想和人家结婚却要热恋?哎呀,真让人讨厌。男人真坏!"

"你再不赶紧逃跑,我可要将墨水瓶扔你啦!"

只剩我一个人时,我嘴里不断嘀咕着:"对呀。结婚这件事,是这个世界常有的。然后就是生孩子呀。我怎么能忘了这个呢?我怎么会假装忘记了呢?结婚这种小小的幸福,因为战争的激化,导致我产生了一种不可能存在的错觉。实际上,结婚对我来说可能是一种极为重大的幸福呢。重大到令人毛骨悚然的地步……"这样的想法,促使我产生了今明两天一定要见到园子的矛盾心理。这就是爱吗？当我们的内心藏有一种不安的时候，这种不安时不时便会以一种古怪的热情状态表现出来。这难道不就是近似于那种"对不安的好奇心"吗？

园子与她的祖母、母亲多次来信要我过去玩儿。我写信给园子说：住在她伯母家，心里总是不安，还是帮我找家旅馆吧。她将村里的旅馆打听了一遍，但是所有旅馆都已经满房了，有的被当成官府招待所，有的被当成软禁德国人的地方。

旅馆——是我的空想。这是我少年时代以来的空想的实现。同时，也是受到我迷恋阅读的恋爱小说的不良影响。这样说来，我考虑问题的方法有些像堂吉诃德。堂吉诃德时代，有很多读者沉浸在骑士故事中。然而，要完全受到骑士故事的毒害，就必须要有一个堂吉诃德存在才可以。我也并不例外。

旅店、密室、钥匙、窗帘、温柔的抵抗、战斗开始的默契……正好是那时、正好是那时，才证明了我的可能性。就像天生的灵感，我身上的正常有可能燃烧起来。我像中了邪一般，改头换面变成另一个人，一个真正的男人。只有那时，我肆无忌惮地拥抱园子，尽我的全力去爱她。疑惑和不安全都被丢弃，我能够发自内心地说"我爱你"。从这天开始，我甚至能够在空袭下的大街上大喊"她就是我的恋人"。

在非现实的性格中，滋生着对精神作用的微妙的不信任感，它往往会将人引向梦想中的一种不道德的行为。梦想好像人的思绪一般，它并非精神的作用。应该说，它是逃避精神的。

然而，旅馆之梦从前提上没能实现。园子再次来信说：最终连一家旅馆都没租到，你还是住在我家吧。我回信答应了下来。我的心被一种和疲劳相似的安心感占据了。尽管我爱胡思乱想，但也不至于将这种安心感曲解为绝望吧。

6月12日，我出发了。海军工厂那边，全体人员的士气日渐消沉。如果想要请假，随便找个借口就行。

火车十分肮脏，并且没有什么人。不知为什么，战争期间有关火车的记忆（除了那次愉快的经历），全是这种凄惨的情形。我这次也像孩子一样被凄惨的固定观念所折磨，承受着火车带来的颠簸。我想着，不和园子接吻，我坚决不离开那村庄。但是，这种决心和那种人自身生出的畏难情绪斗争时所充满自豪感的决心，完全是两码事。我感觉自己好像一名窃贼，好像一名懦夫，尽管不情愿，却在老大的逼迫下不得已当了一名强盗。这种被人爱着的幸福感深深地刺痛了我的良心。我所追求的东西，也许是更确实的不幸吧。

园子将我介绍给她的伯母。我装模作样，我努力矫揉造作。在默默无声之中，我感觉大家好像都在议论我："园子怎么会喜欢上这样的男人呢？一名面色如此苍白的大学生。

这种男人究竟好在哪里呢？"

由于我内心有想获得大家好评的意识，因此我没有像上次在车厢那样采取排外的做法。我有时帮忙辅导园子的小妹妹们学习英语，有时随声附和祖母谈论其有关柏林时期的回忆。说来也怪，这样反倒令我感觉离园子更近了。我有好几次当着她母亲和祖母的面，勇敢地和她对视。吃饭的时候，我们的脚在餐桌下互相碰撞。园子也逐渐迷上这样的游戏。她厌倦了祖母那冗长的讲话，便倚靠在能够看到梅雨时节昏暗的绿叶窗边，用手抓起胸前的项链坠子，从祖母的身后对着我不停地摇晃，仿佛只展示给我看一样。

她那半月形领口上方的胸，十分白净，特别引人注目。此时，从她的微笑中，我感觉到曾经染红过朱丽叶的脸颊的"淫荡之血"。那是处女才有的淫荡。这是完全不同于成熟女人的淫荡，宛如微风令人陶醉。这属于一种可爱的坏嗜好。例如，特别喜欢为婴儿挠痒痒一类的动作。

就在这一刹那，我的心忽然沉醉于幸福之中。长久以来，我都没能靠近幸福这一禁果。现如今它却用悲伤的执拗诱惑着我。我觉得园子如同深渊一般。

日子一天天过去，再过两天我就要回海军工厂了。可是，我还没有履行自己给自己布置的接吻的义务。

雨季的毛毛雨，笼罩着高原一带。我借了一辆自行车到邮局去寄信。园子从躲避应征、自己所工作的官厅分局偷偷跑了出来，回到家中恰好是下午回家的时刻，我们约好在邮局见面。被蒙蒙细雨打湿了的生锈铁丝网里，杳无人影的网球场，看上去特别落寞。一名骑自行车的德国少年，闪动着他那潮湿的头发和白皙的手，紧贴着我的自行车旁驶过。

我在古式邮局之中等待了几分钟。这期间，室外微微亮了起来。雨已经停了，这是雨过之后短暂的晴天，也可以说是故作姿态的短暂天晴。云还聚集在一起，只是呈现出白金般的明亮。

园子将自行车停在玻璃门的对面。她的胸脯剧烈起伏，耸着潮湿的肩膀大口大口地喘着气。然而，她那健康的红彤彤的脸颊上浮现出笑容。"到时候了，向上冲呀！"我感觉自己就像一只向前冲的猎犬。这个义务观念仿佛是恶魔的命令。我骑上自行车，和园子并排穿过村庄的主干道。

我们登车从黑枞、红枫、白桦的树丛中穿过。林间落下明亮的水滴。她那随风飘动的秀发十分美丽。她那健壮的腿快速地踩着自行车的脚镫。看起来像是她生命本身的力量。我们骑进现已废弃的高尔夫球场的入口，从自行车上跳下来，漫步在高尔夫球场边缘的湿润的小路上。

我像新兵一样紧张。那边有片小树林，树荫处正适合。从这个地方到那个地方大约需要五十步。走到二十步的地方，总要跟她谈些什么，有必要消除她的紧张。余下的这三十步的路程，讲些可有可无的话就行。走完五十步，将自行车支在这个地方，然后眺望山那边的景色。我把手搭在她的肩膀上，小声告诉她："我们能这样在一起，真像是在做梦呀。"她随口回答了几句天真的话。这时，我将搭在她肩上的手用力将她揽进怀里。接吻的技巧和千枝子那次毫无区别。

我发誓要忠于导演。既无情爱，也无欲望。

我将园子抱在怀里。她急促地喘着气，脸红似火，双目紧闭。她那稚嫩的嘴唇，十分美艳。可是，我依旧没有产生任何欲望。不过，我时时刻刻都在期待着。我那正常的、毫无掩饰的爱可能会在亲吻之中出现。机械在快速运转，谁也无法阻止。

我的嘴唇和她的嘴唇紧贴在一起。一秒钟过后，毫无快感。两秒钟过后，依旧如此。已经过了三秒钟了。

我全明白了。

我从园子的身体上离开，一瞬间用悲伤的眼光看了看她。她若是看到我这时的眼神，她应该能够读出无可言喻的爱的表示。这是任何人都无法断言的爱。对于人们来讲，有没有可能会产生这样的爱呢？然而，她由于羞耻和纯洁的满足感而崩溃了，仿佛偶人一样垂下眼帘。

我依旧默不作声，像照顾病人一样，挎着她的胳膊，走向自行车所在的地方。

必须逃离，必须尽快逃离。我感到万分焦虑。为了不被别人看到我这闷闷不乐的脸色,我假装得比平日里还要快活。晚饭时,我这幸福的模样,不管谁看来,都与园子那恍惚的状态暗暗吻合。结果,反倒不利于我。

园子比以前任何时候都更水灵。她的容貌原本就有故事一样的风采,依旧保持着故事中恋爱少女一样的风情。亲眼看到她纯真的少女之心,我无论怎样假装快活,也渐渐清楚地意识到自己根本没有资格拥抱她那美丽的灵魂。我说话也不由得有些结巴,因此她母亲又来关心我的身体。园子十分可爱,立马洞察一切。她因为想要鼓励我,再次摇晃着项链坠子暗示"别担心"。我不由得露出微笑。

大人们看见这旁若无人的微笑的传递,一个个露出半是愕然半是困惑的神情。一想到这些大人们的神情预示着我们的未来时,我又一次不寒而栗。

第二天,我们又来到高尔夫球场的同一地方。我看到我们昨天留在这儿的痕迹——惨遭我们践踏的黄野菊的草丛。野草,今天都干枯了。

习惯真是可怕的东西。我又做了事后那般折磨着我的亲吻。但是,这次却像是对妹妹的亲吻一般。这样的接吻反倒散发出一种有悖常伦的味道。

"下次什么时候才能见到您?"她问道。

"不好说。只要美军不从我在的地方登陆,"我回答道,"再过大约一个月,我又可以请假了。"

我期盼着。何止是期盼，简直是迷信般的坚信。我幻想着这个月美军会从 S 湾登陆，我们作为学生军全部战死沙场。不然，就是遇到谁也没有想到的巨型炸弹的轰炸，不管我身处何处都免不了被炸死。我也偶尔预见到原子弹，不是吗？

接下来，我们朝着洒满阳光的斜坡走去。两棵白桦树就像一对心地纯良的姐妹，把身影投在斜坡上。低头散步的园子开口问道：

"下回相见，你要给我带什么礼物来呀？"

"要说我现在能带给你的礼物嘛，"我万分无奈，装作很困惑地回答，"一架废弃飞机，沾满泥土的铁锹，无非就是这些。"

"不是有形的东西。"

"那样的话，你想要什么呢？"我越装糊涂就被逼得越紧，"真是一个大难题。回头在火车上我再仔细想想吧。"

"可以，就这样吧。"她用格外威严且冷静的声音说："请保证下次一定带礼物来呀！"

说"保证"时，园子加重了语气。我自然只得虚张声势，用快活的情绪来保护自己。

"可以，咱们拉钩吧。"我大方地讲道。如此一来，乍看我们天真地互相拉了钩。但是，我儿时所感受到的恐怖在我的心中再次苏醒。那就是拉了钩，如果不遵守诺言，那只拉钩的手指便会烂掉，这样的传说，在我的幼小的心灵上留下

151

了一种恐怖感。园子所说的礼物，虽然没有明说，可是明显意味着"求婚"，所以我的恐惧是事出有因的。就像是夜晚不敢独自去厕所的孩子，我的心中充满了这样的恐惧。

那天晚上，临睡以前，园子走到我的卧室门口，用门帘半遮着身体，拜托我再迟一天回去。我只是从被窝中惊讶地凝视她，自认为算计准确的这一最初的误算，导致一切都被打乱了。如今，我盯着园子，不知道应该怎样判断我的这份感情。

"你非得回去吗？"

"是的。不管怎样都得回去。"

我愉快地回答，伪装的机器又开始旋转。原本应该将这样的愉悦当成从恐惧中挣脱出来的愉悦，却被我解释成能够让她万分焦急的新权力的优越感所带来的一种愉悦。

自我欺骗目前已经成为我的救命索。受伤的人临时应急的绷带，不一定要求清洁。我想还是可以通过纯熟的自我欺骗来止住流血，以便能够赶往医院。我愿意将那个乱糟糟的工厂，幻想成严格的军营。明天早上如不返回的话，很有可能要被关禁闭。

出发的那天早上，我目不转睛地看着园子，如同旅行者望着即将远去的风景一般。

我知道，一切都已结束。虽然我周围的人都认为一切才刚刚开始，并希望我委身于周围和蔼的警惕氛围中，意欲欺骗我自己。

尽管这样,园子平静的表情却让我感到不安。她帮我打包行李,又在房间里到处查看以免落下什么。不久之后,她站到窗边,眺望着窗外,身体一动不动。今天又是个阴天,早上的嫩叶绿油油的,格外引人注目。不见身影的松鼠沿着树梢穿过,只留下树梢的颤悠。园子的背影,充满了既沉静又天真的"等待的表情"。要是她带着这种表情的背影从房间离开,那就如同壁橱大开离开房间一样,这对于严谨的我来说,无法忍受。我走到她身边,从背后温柔地抱住她。

"你肯定会回来的吧!"

她非常开心,用一种自信的口吻讲道。这语气听起来与其说是对我的信赖,倒不如说是对超越我而扎根最深层次的东西的信赖。园子的肩膀没有颤抖,她那披着饰有花边的上衣的胸脯不断起伏着。

"唔,可能是吧。只要我还活着。"

——我对做出这种回答的自己感到恶心。为什么呢?因为我的年龄极其渴望这种事情。我的内心在说:

"肯定来!我肯定会排除万难来看你。请安心地等着吧。你不是马上就要嫁给我了吗?"

我的感知能力和思考方法,随处都表现出这种稀奇的矛盾。它促使自己说出"唔,可能是吧"这类暧昧的话语,这并非我的性格,而是形成性格之前的行为。可以说,正因为我清楚地知道这并非我的原因,我才对多少属于我的原因的那部分,常常保持滑稽般的健全的常识性的训诫态度。从少年时代开始,我就一直磨炼自己,我宁愿死也不想变成暧昧的人、不像个男子汉的人、好恶不分的人、不明白怎么去爱却希望被爱的人。诚然,对于是我的原因的那部分,是一种可能的训诫;对于不是我的原因的那部分,它则是根本不可能的要求。目前的情况是,面对园子要显现出一种男子汉的风采,就算有参孙[①]一样的力气,也是难以企及的。于是,现在园子所看到的符合我性格的,一个暧昧的男子的影像,激发了我对这一形象的厌恶,我的全部存在变得一文不值,我的自负心也被击得粉碎。我变得既不相信自己的意志,也不相信自己的性格,至少对意志相关的部分,不得不承认是假的。另外,我这种注重意志的思考方式,自然也是近于梦想的一种夸张。即便是正常人,也不可能完全依靠意志行动。何况我这样的正常人,我同园子也并非完全具备能过上幸福生活的结婚条件。由此来看,这个正常的我,也只能做出"唔,可能是吧"的回答。就连这种通俗易懂的假设,我也习惯性地假装视而不见,就像不忍放弃每一次折磨我的机会一般。这是穷途末路者的惯用伎俩,驱使自己走向自认倒霉的安居之地。

---

① 参孙,《圣经·旧约》中的英雄。因大力无比而闻名。

园子用平静的口气说：

"没关系的。丝毫不会伤害到你。我每晚都会求神灵保佑。我的祈祷一直十分灵验呢。"

"真够虔诚的。可能是由于这个原因吧。你这个人呀，看上去十分安心，甚至让人害怕。"

"为什么呢？"

她仰起黑亮而聪慧的眼眸。碰上她那无忧无虑、纯洁无瑕的询问的视线时，我立即心乱如麻，难以回答。一股冲动驱使着我，让我想晃醒沉眠于安心状态中的她，而园子的眼眸却反倒摇醒了沉睡在我内心的东西。

要去上学的妹妹前来告别。

"再见！"

她的小妹妹要和我握手，但她用小手猛地胳肢了一下我的掌心，逃到门外去了。她站在稀薄枝叶的阳光之下，高高举起带有金扣子的红色饭盒袋。

她的祖母和母亲都来送行。车站的离别时刻，呈现出轻松自如的景象。我们谈笑风生，一派和谐。不一会儿，火车进站了，我选择了一个靠窗的座位，心里只希望火车可以尽快开动。

此时，一个清脆的声音从意想不到的方向呼唤我，那正是园子的声音。至今每天都听惯的声音，变成远处传来的新奇的呼喊声，震动着我的耳膜。"这确实是园子的声音"这

_155

一意识，好像清晨的阳光一般照进我的心里。我朝着发出声音的方向望去。只见她从站务员的出入口钻进来，手扶着靠近月台的烧焦的木栅栏。方格花纹女短上衣上边，许多条花边随风摇曳。她用水灵灵的眼睛，动情地望着我。列车启动了。园子似乎要说什么，但她最终没有张开有几分沉重的双唇，从我的视野中消失了。

园子！园子！列车每晃动一次，我就在心里呼唤一次她的名字。这个名字仿佛是一个无法言喻的神秘的称呼。园子！园子！这名字每重复一次，我的心就如刀绞一般疼痛。伴随着那名字的重复，极度的疲劳感越发惩罚般地剧烈。这种透明的痛苦的性质，是个绝无仅有的难题。即使我想要向自己说明，也是很困难的，因为它脱离了人类应有的感情轨道。因此，我难以感知这种痛苦。举个例子来说，这种痛苦，就像在某个晴朗的中午，一个等着午炮响起的人在规定时间内没有听到炮鸣声，而试图在蔚蓝的天空的某处探寻午炮为何沉默一样。这是可怕的疑惑。因为全世界，只有他自己知道正午时午炮没有响起。

完了。一切全完了。我自言自语道。我的叹息，像极了落榜的胆小考生的叹息。完了。全完了。留下 X，就是一个错误。要是先解决 X，就不会发生这样的事情。对于人生的数学问题，我有自己的做法。只要运用和大家一样的演绎法就好啦。我这个小聪明，比任何东西都坏呀。我的失败在于，不应该坚持自己一人使用归纳法。

我深感迷惑。坐在我前面的乘客全都投来怀疑的目光，审视着我的脸色。她们其中一个是红十字会的护士，身上穿着藏青色的制服，另外一个是穷农妇，貌似是她的母亲。我留意到她们的视线，就将目光投向护士的脸，这个脸红得像红灯笼一样的胖姑娘，有些害羞，对她的母亲撒娇道："哦，我饿了。"

"时间还很早呢。"

"我真的饿了。哎呀，哎哟。"

"你真不懂事呀！"

母亲最终拗不过女儿，拿出了盒饭。饭盒里的饭菜很简单，甚至还不如我们工厂的伙食。全是甘薯饭，另外有两片咸萝卜。护士姑娘大口大口地吃起来。我不禁揉了揉眼，看来人类吃饭的习惯是这世上最没有意义的事。不一会儿，我找到了产生以上看法的原因，那是因为我完全丧失了生存的欲望。

当晚，到郊外的家中住下之后，我有生以来第一次认真地思考自杀的问题。想着想着，认为自杀太麻烦，转念又觉得滑稽。我天生对失败不感兴趣，再加上完全就像秋季丰收那般，我的周围堆积了太多的死亡：死于战乱、殉职、前线病死、战死、被车轧死以及因疾病而死，等等，不管是哪种类型的死亡，一定都预先定下了我的名字。死刑犯不会自杀。想来想去，这是个不宜自杀的季节。我等待着被某种东西杀死。然而，这和等待着某种东西让我起死回生是一样的。

回到工厂的两天后，就收到园子寄给我的一封充满热情的信。这是真正的爱情。我感觉到嫉妒，一种人工珍珠从天然珍珠那里感受到的无法忍受的嫉妒。话虽如此，可是普天下有对爱着自己的女子，因为被她爱的缘故，而感到嫉妒的男子吗？

园子同我告别之后，骑自行车去上班了。她精神恍惚，同事们都问她是不是生病了。她好几次处理文件出了错。中午她回家吃饭，又顺着上班的路绕道去高尔夫球场，停下自行车，望着这片土地上依旧残留着被踩踏过的黄野菊的痕迹。然后，她望着火山的地表，随着雾霭渐渐散去，逐渐将一片带有明亮光泽的黄褐色推向四周。随即，又看到一缕缕灰暗的烟雾从山谷间腾起。那两棵形似温柔姐妹的白桦树，好像稍微预感到了什么一样在那不停地颤抖。

我在火车上陷入沉思：我心碎的同时，如何才能逃脱园子对我的爱呢？然而，我时不时就有这样的瞬间，即安心地委身于可能是最接近真实的可怜的理由。这个理由，就是"正因为我爱她，我才一定要离开她。"

自那之后，我写了好几封信给园子，信中的语调完全没有对感情的发展做出任何表示，不过也没有表现出丝毫冷淡。距离上次不到一个月的时间，部队批准草野第二次与家人见面，他们通知我说，草野一家又要去东京近郊的部队探望了。怯懦的性格，催促着我要去那个地方。不可思议的是，尽管我早已决定要逃离园子，但是我又不得不去见她。见到她以后，在忠贞不渝的园子面前，我发现自己彻底变了。我变得连一句玩笑都不能开了。她、她的哥哥、祖母和母亲，从我的这种变化中，也仅仅看到我的拘谨。草野用平日里的眼神看着我，他跟我讲的一句话令我战栗。

"最近我会寄一份比较重要的书面通知给你，你就开心地等着吧！"

一周后，假期里我去母亲住处的时候，那封信早已寄到了。他的信和他的人一样，字迹拙劣，却表达了真挚的友谊。信里面写道：

关于园子的事情，我们全家都很认真地考虑，他们任命我为全权大使。事情虽然很简单，但还是想听听你的想法。

大家信赖你。园子自然也是如此。家母甚至已经在考虑何时举行婚礼了呢。暂且先不提这个，我认为眼下定下婚约的日期并不为早吧。

当然，这全是我们这一方的猜想。总之，很想听听你的意见。至于双方家长之间的商议嘛，都准备之后再议。话虽这样说，不过没有丝毫束缚你的意志的意思。要是能够了解到你的心意，我也可以放心了。就算你回答 NO，我也毫无怨言，绝不会不开心，也绝不会对我们之间的友情产生任何影响。如果你要回答 YES 的话，自然皆大欢喜。即使你回答 NO，也绝不会伤了感情。希望你能按照自己的想法，坦诚地给我回封信。希望你写信给我时，千万不要顾及情分或者勉强糊弄几句。等着你以挚友的身份回信给我。

我感到非常诧异，环顾一下四周，生怕别人会发现我正在读信。

我以为不可能的事最终还是发生了。关于战争这件事，我没想到我和那家人有着如此不同的感受和思考。我才二十一岁，还是一名学生，在飞机工厂工作，成长于缠绵的战火之中，我太过看重战争的力量了。即使战争这样的激烈，可是在战争的悲惨结局里，人类生活的磁针依旧朝着一个方向准确无误地运行。就拿自己来说吧，自己眼下正在恋爱，但是为什么毫无意识呢？我露出奇怪的轻蔑的笑容，把信又重新读了一遍。

于是，我的心中翻涌起一股十分常见的优越感。我是一个胜利者。我在客观上是幸福的，谁也无可非议。那么，我也应该有权蔑视幸福。

我的内心明明充满了不安和无法自容的悲伤，我却将狂妄的讽刺的微笑贴到了自己的嘴角上。我想只要越过一条小沟就可以了。我认为只要将过去几个月的生活权当胡闹就没事了。只要我认为压根就没有爱过园子这样一个姑娘就可以了。只要我认为只不过是受了小小欲望的驱使（撒谎的家伙！）骗骗她就完事了。我没有任何道理道歉。只是接吻是不需要负责任的。

"我压根就不爱园子。"

我因为这个结论而喜不自禁。

这是一件了不起的事。我变成这样一名男子：我压根不爱一个女子，却诱惑了她，待对方爱火燃起时，我又抛弃了她。我和一个诚实的道德优秀生之间的距离是多么遥远呀……尽管如此，我也不是不知道，世上没有哪个色鬼肯不达目的就抛弃女子的……我闭上眼睛。我养成了这样一个习惯：就像一个固执的中年妇女，对于不想听的话，就干脆紧紧捂住耳朵。

剩下的就是想办法去阻止这桩婚事了，就好像干扰情敌结婚一样。

我打开窗户呼喊母亲。

夏季强烈的阳光，照射着宽敞的菜园子。菜地里的西红柿和茄子朝向太阳，抬起干燥的绿叶，猛烈地对其进行反抗。太阳将它那炽热的光线洒在它们那粗叶脉上。植物充盈的阴暗的生命，在一望无际的菜园的光耀下，被压得无法呼吸。远方神社的丛林，将它那黯淡无光的脸朝向这边。偶尔驶过的郊区电车，令神社对面无法看到的低洼地充满了柔和的颤动。每次触电杆浮躁地推进，就可以看到电线懒洋洋地摇曳着的闪光。那是以夏日的浓云来作为背景,像是意义重大又像没有任何意义的无目的晃动。

菜园中有人头戴一顶系有浅蓝丝带的麦秸大草帽。原来是母亲。大舅舅——母亲的哥哥——的麦秸草帽,像极了颓废的向日葵,一动不动。

母亲来这个地方生活后,面色略微被晒黑了,远远望去,洁白的牙齿特别醒目。她一直走到可以听到声音的地方,用孩子一样的声音呼喊道:

"有什么事呀?要是有事的话,自己走到这边来说嘛。"

"有很要紧的事呀。拜托您来这边一下。"

母亲不情愿地慢悠悠走过来,手里的菜篮子放着熟透了的西红柿。没过多久,她将装有西红柿的篮子放在窗台上,问我究竟有什么事。

我没让她看信。只是将信里的大体内容告诉她。我一边讲着一边越来越不理解自己为什么要叫母亲来。我难道不是因为想要说服自己才滔滔不绝吗?我露出满不在乎的脸色,列举了一大堆各种各样不好的条件,比如我父亲爱唠叨啦,有一丝神经质,与他在一起生活,会让成为我妻子的人受苦;目前没有另立门户的条件,并且从家风方面来看,我的旧式家庭和园子的开明家庭是不协调的;我也不希望这么早就结婚遭罪啦……我希望母亲坚决反对。可是,我母亲性格十分洒脱,为人宽厚。

"我感觉事情有些奇怪，"母亲没怎么深思就插话道，"那样的话，你的意思到底是什么？是喜欢还是不喜欢她呢？"

"关于这个，我也……那个……"我有些支支吾吾，"我并没有那样认真，原本是半开玩笑的，谁承想对方居然认真了，不怎么好处理。"

"既然是这样，问题不就解决了？及早说清楚，这样对双方来说都好。反正这封信只是想试探你的意见，你回信说明态度就好了……妈妈要走了，还有别的事吗？"

"啊。"

我轻声叹了口气。母亲走到用玉米秆做的栅栏门前，又迈着小碎步折回我的窗边。她的神色与方才不大一样。

"我说，刚刚的事……"母亲带着略微有些陌生的神情看着我，可以说像极了一个女子望着一个陌生的男子，"园子的事……你说不准……已经……"

"妈妈，您是真糊涂呀。"我大声笑了。我感觉出生以来从未发出过这样难受的笑，"您认为您儿子会做出这样愚蠢的事吗？您对我就这样不信任吗？"

"我很清楚。只不过想要确定一下嘛。"母亲脸上为难的神情消失了，"身为母亲，活在世上就是担心这些事的。没问题了。妈妈相信你。"

——当晚，我写了一封婉言拒绝的回信，就连我自己都认为十分不自然。我这样写道：因为事情来得太过突然，我暂时还没想到这一步。第二天返回工厂时，顺道去了邮局寄信，办理快件的女职员用怀疑的眼神看着我颤抖的手。我凝视着她用粗糙的脏手，例行公事地在这信封上盖上邮戳。看见我的不幸遭到事务性的对待，安慰了我。

空袭的目标向中小城市转移。生命好像暂时得到了保障。投降论开始在学生之间流行起来。年轻的副教授发表了含有暗示性的意见，企图笼络学生的心。看到他陈述极其怀疑的见解，心满意足地胀起鼻翼，我在心里想：我才不会被你骗呢。另一方面，我对迄今依旧对胜利坚信不疑的狂妄者也投以白眼。对我来说，不管战争是胜利还是失败，都没关系。因为我只想重新做人。

我得了病因不明的感冒，因此可以回到郊外的家里。我烧得头晕目眩，一边盯着天花板，一边像诵经一样在心中低声呼唤园子的名字。在勉强可以起床时，我听到整个广岛覆灭的消息。

这是最后的机会。人们私下议论着"下一个城市就是东京"。我穿着白衬衫和白短裤在街上溜达。事态已经发展到破罐子破摔的地步，人们反倒表情明朗了。时间慢慢地流逝，平安无事。到处是一片明朗，好像吹得鼓鼓的气球，不停对其施压看起来马上就要破了。尽管如此，什么事都没发生。假如这样的日子再持续十多天，人必定会发疯的。

一天，一架潇洒的飞机从愚蠢的高射炮的火力网穿过去，从夏日的天空投下传单来。传单上写的是投降书的消息。当日傍晚时分,父亲从公司结束工作后,直接就回到我们郊外的临时住处。

"喂,那传单写的是真的呀。"

他穿过院子,刚在走廊上坐下就开口道。他将来源可靠的英文原文抄件,递给我看。

我接过这份抄件,一眼就了解了事实。这并不是战败的事实。这对于我,仅仅对于我来说,那是可怕时刻即将来临的事实。我仅仅听到它的名字,都会全身发抖。而且它绝对没有来的可能。我继续欺骗自己说,那种人类的"日常生活"已经不由分说地从明天开始也要降临在我的身上了。

# 第四章

**意**外的是,我提心吊胆的日常生活一直都没有要来的迹象。这是一种内乱,人们不去考虑"明天"的程度竟比战争期间还要厉害。

借给我大学制服的同学从部队回来了,我将制服归还给他。于是,我从回忆里,以至从过去,一时陷入自由般的错觉之中。

妹妹去世了。我得知自己也是一个会流泪的人,随即获得了某种轻浮的安心。园子和一个男子相亲,并且订婚了。在我妹妹去世后不久,园子就结婚了。此时,我生出了一种可以称得上"如释重负"的感觉吧。我欣喜若狂,自负地觉得不是她甩了我,而是我甩了她,这是必然的结果。

我老是牵强地将宿命强加在我的身上,作为我本身的意志,或者理性的胜利。这种长年的恶习,达到了一种接近疯狂的妄自尊大的状态。在被我叫作"理性"的特质中,似乎有一种不道德的感觉,其中有个冒牌的僭主,凭借着冲动偶然让他坐上王位。这个驴一样的僭主,连愚蠢的专制会招来该有的复仇都无法预知。

我在暧昧的乐观心情下,度过了一年的光阴。泛泛的法律学习,机械地走读,机械地回家……我什么都不去打听,也不想去倾听什么。我学会了年轻僧侣那圆滑的笑容。我感觉不到自己是活着还是死了。我好像忘记了这一切。那种天然自然的自杀——因为战争导致的死亡——的希望,已然彻底破灭了。

只有真正的痛苦徐徐到来。那简直像肺结核一样,一旦对自己的症状有所察觉时,病情早已到了难以治愈的阶段。

一天,我站在书店不停上新刊的书架前面,抽出一本粗略装订的翻译本,是一个法国作家的饶舌随笔集。随便翻开一页,一行文字映入我的眼帘。我压制住不悦的不安情绪,合上书,将书放回书架上。

第二天早上,我突然想起这件事,于是在上学的路上,顺道去了大学附近的那家书店,买了昨天的那本书。法学课刚开始,我偷偷取出那本书放在翻开的笔记本旁边,开始寻找昨天看到的那一行字。那一行字比起昨天,带给我更加显著的不安。

"女子力量的大小,唯独取决于其惩罚情郎的不幸程度。"

我在大学里结识了一个亲密的朋友。他的父亲是一家老字号点心铺的老板。初看,他像个老实巴交的勤奋学生,然而他对人类和人生所表现出的"哼哼"调的感想,以及他那与我十分相似的虚弱的体质,唤起了我的共鸣。我出于自我保护和故弄玄虚,采取了相同的犬儒派的态度,他却正好相反,好像拥有最安全的自信的基础。我想:他这种自信来自何处呢?没过多长时间,他就识破了我是童男,用一种令我感到压抑的自嘲和优越感,坦白了他进出花街柳巷的事情。然后诱惑我说:

"如果你想去的话,打电话给我,本人随时奉陪。"

"唔。如果我想去的话……也许……很快。很快就会做出决定了。"我回答道。

他不好意思地抽动着鼻子,我此时的心理状态他一清二楚,这反而唤起了他的羞耻心,让他回忆起与我处于同样状态的过去的他。我深感焦虑。这属于一种习惯性的焦虑。他急着我在他眼里的状态和实际生活中我的状态,完全统一起来。

所谓洁癖,其实就是被欲望支配的一种任性行为。我原本的欲望是隐秘的欲望,它甚至都不能容忍如此露骨的任性行为。尽管如此,我假想的欲望——对于女子的既单纯又抽象的好奇心——可能被赋予了一种没有丝毫任性余地的冷淡的自由。因为好奇心是没有什么道德可言的。或许这就是人类可能拥有的最不道德的欲望。

我开始可怜的秘密训练。我全神贯注地凝视着裸女的照片，检验自己的欲望——这是再明白不过的事，我的欲望不置可否，毫无反应。依照惯例，恶习发作之时，尝试进行自我习惯性训练。先从不想任何幻影开始，再想象女人的姿态。我有时感觉取得了成功。可是，这种成功之中却带着一种让人心碎般的扫兴。

我决心要碰碰运气。我打了一通电话给他，约他星期天下午的五点在一家咖啡店碰面。那是战争结束之后的第二个新年的元月中旬。

"终于下决心了吗？"他在电话中放声大笑，"好，马上去。我肯定会跟你一起的。如果失约，我可不会放过你。"

我的耳边回荡着他的笑声。我知道，为了抵抗这种笑声，我只能保持不为人所知的微笑。尽管如此，与其说我依旧心怀一丝希望，倒不如说是一种迷信。这是危险的迷信。只有虚荣心才会使人冒险。而我有一种常见的虚荣心，即不想在别人眼里看来二十三岁的我还是个童男。

仔细想一下，正好是在我生日那天做出的决定。

我们互相用探索的表情看了一眼对方。他也知道，今天不管是一本正经还是放声大笑，都同等可笑。烟雾一圈圈地从他那暧昧的嘴角喷出来，他用两三句无聊的话点评了这家商店的点心不好吃。我压根就没有认真听，这样说道：

"你也有心理准备吧。第一次带人来这样的地方，要不然就成为终生的朋友,要不然就成为终生的仇人,两者之间肯定有一种。"

"你不要吓人。就像你所看见的,我很胆小的。说什么终生的仇人,我可不适合这个角色。"

"我对你有这样的自知之明,感到钦佩不已。"

我刻意表现得很强硬。

"暂且先不提这个,"他摆出一副司仪的面孔,"我们两个人得找个地方喝两杯。第一次去,一点儿酒不喝怕是够呛。"

"不,我不想喝酒,"我感到自己面部发凉,"我会去,但坚决不喝酒。这点胆量,我还是有的。"

接下来,我们乘坐昏暗的都营电车,又倒了一辆昏暗的私营电车,经过陌生的车站和陌生的街道,来到了四周都是寒酸的简易木板房的一角,看到紫红色的电灯将一张张女人的脸映得像一个个纸糊的东西。化霜后的湿漉漉的街道,嫖客们无言地你来我往,明明穿着鞋却发出了光着脚走路的声音。我没有任何欲望。只有不安在催促着我,就如同闹着要点心的孩子一样催促着我。

"随便哪里都行。我说随便哪里都行嘛。"

喂,喂,阿哥。

我真想尽快逃离这种女人故作苦闷的声音。

"那家的妓女十分危险。你知道吗,那样的神情。这里就比较安全。"

"不管她是怎样的神情，都不重要嘛。"

"既然是这样，我看着给你找个学生美人吧，以后可别埋怨我哦。"

我们刚走过去，两个女人就像着了魔一样站起来。这是一栋直起腰就会碰到天花板的小矮房。她们露出金牙，咧着牙龈笑着。我被其中一个满嘴东北话的高个子女人诱骗到一间三铺席宽的小房间里。

义务观念促使我抱住了这个女人。我搂住她的肩膀刚要亲吻，她就摇晃着厚实的肩膀笑了起来。

"不可以。会将口红粘在嘴上的。要这样哦。"

她张开那满口金牙的红唇大嘴，伸出像木棍一样的有力的舌头。我也模仿她伸出了舌头。舌尖触碰在一起了……普通人也许不明白，那种无感觉的东西，恰似强烈的痛苦。我感到浑身剧痛，并且全身麻木，简直是说不出的痛苦。我将头枕在枕头上。

十分钟之后，确定我不可能了。我的膝盖因为羞耻而发抖。

几天后，假如在伙伴毫无察觉的情况下，我委身于那个痊愈的自暴自弃的感情里。就像苦恼于患上不治之症的人，病名确定下来之后，反倒感到了短暂的安心。尽管如此，我心里很清楚这只是短暂的安心。而且，我的内心期待着无处可逃的更大的绝望，正因为有绝望才有永久性的安心。我也衷心期待着无处可逃的打击,换言之,期待着无处可逃的安心。

接下来的一个月里,我在校园中多次见到那个朋友。彼此都没有提及那件事。一个月之后,他带着一位同样和我要好的好色的朋友来拜访我。这小伙子平时一直喜欢显摆自己,经常吹牛说他十五分钟之内就能将女子搞到手。谈话不久,话题就落到该落的地方上。

"我实在受不了了,自己都控制不住自己了。"好色的学生目不转睛地盯着我说,"如果我的朋友中有人阳痿的话,我是真的羡慕呢。何止是羡慕,简直是敬仰。"

那朋友看到我的脸色有所改变,就换了一个话题。

"你曾答应要借普鲁斯特①的一本书给我吧,有趣吗?"

"啊,非常有趣呐。普鲁斯特是一名不道德的男人。他与男仆发生了关系。"

"什么,什么是不道德的男人?"

我佯装不明白,揪住这个小小的提问不放,借此验证我的失态是否已被别人察觉。我知道我在探寻反证而奋力挣扎着。

"所谓不道德的男人,就是不道德的男人呗。指的就是男

---

① 普鲁斯特(1871—1922),法国小说家。代表作《追忆逝水年华》,对西方20世纪文学产生了深远的影响。

色家。"

"我还是第一次听说鲁普斯特是这样的人呐。"我感觉我的声音有点颤抖。如果我表现出怒气，就相当于提供确切的证据给对方。我对于自己可以忍受这种可耻的表面上的平静，感到极度恐惧。那个朋友显然已经嗅出了什么。也许是我的神经过敏，我感觉他是刻意避开不看我的脸。

夜晚十一点时，这个该死的来客离开后，我闷在房间里，直到天亮。我不停地抽泣。最后，惯有血腥的想象来临，安慰了我。我完全委身于这无比亲近的惨无人道的幻影。

我急需安慰。尽管心里很清楚这是空洞的对话，只会留下扫兴的情绪，我还是频繁地去老朋友家参加聚会。参加聚会的人，与大学的朋友不同，全是非常讲究外表的，这样反倒让我感到轻松。这个地方有风趣且装模作样的小姐、女高音歌唱家、初露头角的女钢琴手，还有刚刚结婚的少奶奶。我们一会儿跳交际舞，一会儿喝点酒，一会儿玩些无聊的游戏或者玩点儿富有性感的捉迷藏，常常通宵达旦。

等到黎明时分，我们一边跳着舞一边困了。为了驱赶睡意，我们经常玩这样的游戏，即在房间里撒开几张坐垫，围成圆形的舞圈跳舞。以骤然停止的音乐为信号，音乐停止就立即解散，一男一女组成一组，在一张坐垫上坐下来。剩下一个没抢到座位的人，就会受到惩罚，表演一个擅长的节目。站着跳舞的人，互相纠缠着坐在地板的衬垫上，乱成一团了。三番五次之后，女人也无暇顾及自己的形象了。一个最漂亮的小姐在互相缠斗之中跌倒了，裙子被掀到了大腿上面。她大概有些喝醉了，自己并未察觉，一个劲儿地哈哈大笑。她的大腿白皙光滑，非常可爱。

我想，如果换成以前的我，将会运用平日里片刻不忘的演技，像其他青年一样，按照隐藏自己欲望的习惯，猛地转移视线的。可是，自从那天以后，我便不同于以前了。我毫无羞耻心——毫无天生意义上的羞耻心——像看某种物质一样，我目不转睛地看着那双白皙的大腿。陡然间，从凝视中来而收敛回来的痛苦降临到我身上。那痛苦告诉我："你不是人。你不能与人相交。你是个既神奇又可悲的生物。"

恰巧，文官录用的考试工作临近了。我强迫自己变成枯燥乏味的学习的俘虏，那种折磨我身心的事情，也就自然而然地远离了我。然而，这也只是起初的时候而已。随着生活的每个角落都被那一夜的无力感所占据，我连着好多天都心情郁闷，什么也不想干。我觉得，证实自己能行的想法日益强烈起来。如果不能证实，我再也无法生存下去。尽管如此，却无处寻觅天生背德的手段。在这个国家，就算采用最稳妥的形式，也没有机会使我的异常欲望获得满足。

春天来了，我貌似平静的外表之下积蓄了疯狂的焦躁。我感觉季节本身好像对我怀有敌意，好像是一种夹杂着沙尘的暴风所呈现出的敌意。每当汽车从我身旁飞驰而过时，我就在心中高声怒吼:"你为什么不轧死我呢?"

我喜欢用强制性的学习和硬性生活方式来约束自己。课间休息时,我会去街上逛一逛,我多次感到我充血的眼睛里闪现着可疑的目光。在世俗眼里或者其他人眼里,我一直过着稳重的生活,可是我明白,自己所过的生活是多么自暴自弃、放荡、不知明日,还患上极坏的懒惰和腐蚀般的疲劳。春天即将结束的一天下午,我坐上都营电车,突然一种窒息般的凛冽的悸动向我袭来,令我无法呼吸。

从站立乘客的缝隙之中,我看到了对面座位上的园子的身影。我看到她那稚气的眉毛之下,有一双直率、落落大方、难以形容的深沉且柔美的眼睛。我差点儿站起来。许久之后,一名站立的乘客松开吊环,走向车厢的出口。我能够从正面看到这女子的脸。原来不是园子。

我的心仍扑通扑通跳个不停。如果只是用惊愕或亏心来解释这种悸动的话,很容易。可是,这种解释却无法推翻那一瞬间感动的纯洁性。我猛然想起三月九日早上在月台上看到园子时的那种悸动。这次和那次完全相同,并非其他的悸动。就连那如同被荡涤过一般的悲伤也那么相似。

这些微小的记忆,变成无法忘却的东西,给以后的几天带来动荡不安。不会的,我不会还爱着园子。我应该不会爱任何女子。这种反省反倒变成一种被激发的对抗。尽管到昨天为止,这种反省一直是我忠实且顺从的唯一的东西。

如此一来，回忆忽然在我的心里重新获得了权利。这种改变，采取了明显的痛苦的形式。两年之前，我已经利索处理了"小小的"回忆，简直像长大后出现的私生子一样，在我面前发育成异常壮大的东西复苏了。既没有我时不时虚构的"甜美"的状态，也不是我后来作为权宜之计所持有的事务性态度，就连回忆的每个角落都贯穿了明显的痛苦。假如说它是悔恨，那么众多的前辈已为我们找到了忍耐之路。不过，这痛苦竟不是悔恨，而是一种异常明晰的，如同被人逼迫着从窗户俯视分割街道的夏日骄阳一样的痛苦。

梅雨季节一个阴天的下午，我在陌生的麻布街区办完事，顺道散步。忽然有人在背后呼喊我的名字。是园子。

我回头看见了她，没有像在电车上误将其他女人看成是她时那样吃惊，这次偶遇十分自然，我觉得仿佛尽在预料之中。因为我感觉很早之前就知道这一瞬间定会到来。

只见她身穿壁纸般图案的华丽连衣裙，胸前除了镶上花边外，别无其他饰物，看不见"夫人"般的场面。她手上提了一个铁水桶，看来是从配给所返回家中，身后跟着一个同样提着铁水桶的老太太。她叫老太太先回去，自己和我边走边谈。

"你瘦了。"

"哦，可能是因为要准备考试吧。"

"是吗？请保重身体。"

我们沉默了片刻。微弱的太阳开始照射在被战火洗劫过的住宅区萧条的大街上。一只浑身湿漉漉的鸭子,笨拙地从一户人家的厨房走出来,嘎嘎叫着从我们面前经过,然后往水沟而去。我感到幸福。

"现在读什么书呢?"我问她。

"你问的小说吗?读了《食蓼虫》……还有……"

"没看 A 吗?"

我说了眼下的畅销书《A》的书名。

"是那本有女人胴体的书吗?"她问。

"嗯?"我惊讶地反问她。

"真可恶!我是说封面上的那幅画。"

两年前,她可不会在别人面前讲什么"女人胴体"一类的话。从这三言两语之中,我痛苦地明白园子已不再纯洁。我们来到拐角处,她止住脚步说:

"从这里拐个弯,走到头就是我家。"

分离是很痛苦的。我垂下目光转向铁水桶。铁水桶里,日晒后的魔芋挤在一起。那颜色看上去像是女人海水浴后被晒黑的皮肤。

"魔芋晒太长时间会坏掉吧。"

"是呀。因此责任重大呀。"园子用带有鼻音的高嗓门说。

"再见。"

"好,一路平安。"她说完便转过身离去。

我叫住她，问她打不打算回娘家。她轻松地告诉我，她打算周末就回去。

分手之后，我发现一个至今为止都没有发现的重大问题。那就是今天的她看上去宽恕了我。她为什么要宽恕我呢？难道有比宽恕更厉害的侮辱吗？然而，如果让我再一次明明白白经受她的侮辱，说不定我的痛苦会消失吧。

周末来得太慢。正好赶上草野从京都的大学回到自己的家。

周末下午，我去拜访草野。在交谈之中，我突然怀疑自己的耳朵。因为传来了钢琴声。这种音色不再稚嫩，而具有圆润奔逸的气势，显得充实又明快。

"弹奏曲子的是谁？"

"是园子呀。她今天回来了。"

一无所知的草野这样回答。我满怀痛苦，全部的回忆逐一唤回心中。关于那时的婉言拒绝，草野只字未提，这种善意让我感觉心情沉重。我希望寻找某种证据，证明园子当时为之痛苦，就算一点点也好，我期盼能看见某种对应我的不幸的东西。可是"时间"的杂草再一次在草野、我和园子之间茂盛生长，不允许我们做出任何走心、任何夸张和任何客套的感情的表白。

钢琴声停止了。"我去叫她来吧。"草野体贴地说。片刻之后，园子和她哥哥一起走进房间。我们三人谈论了一番园子的丈夫所服务的外务省的熟人们的故事,无缘无故地笑了。草野被母亲叫走之后,于是,又像两年前的某天,只剩下园子和我两个人。

她像孩子似的告诉我,草野家的财产,由于她丈夫的鼎力相助才幸免于被没收。在她还是少女时,我就喜欢听她吹牛。过于谦虚的女人和高傲的女人,都是毫无魅力的,但园子那端庄的、恰到好处的自我夸耀,洋溢着天真可爱的女人味。

"喂!"她小声地讲道,"一直想问你一件事,但是一直没找到机会问。我们怎么就不能结婚呢?当哥哥告诉我你的回信后,我开始不理解这个世界上的事。我每天都在思考,迄今为止,我也想不通我为什么不能和你结婚……"

她好像在生气,将微微泛红的脸颊朝向我,然后又背过脸去,好像朗诵似的说:"……你是讨厌我吗?"

这种开门见山的询问,只不过是一种事务性的询问罢了。我的心只能以剧烈而凄惨的喜悦来回应。然而,这种毫无道理的喜悦立马转变成痛苦。它的确是一种十分微妙的痛苦。除原本的痛苦外,这种痛苦还包含两年前的往事重提,强烈地刺痛了我的心,并且伤害了我的自尊心。我希望在她的面前能够自由,可我依然没有这样的资格。

"你丝毫不了解社会,可不谙世事也正是你的优点。但是,世上相爱的情侣,不一定都可以结婚呀。就像我给你哥哥的回信上所写的那样。再说……"我感觉自己马上就要吐露懦弱的衷肠了。我很想沉默下来,但是我控制不住自己,"……再说,我在那封信上根本就没有明确说我们不能结婚。我那时才二十一岁,又是学生,事情太过突然,哪知道我正在犹豫不决中,你就早早地结婚了。"

"这事我可没有权利后悔。因为我丈夫很爱我,我也很爱我的丈夫。我真的很幸福,再没有什么奢望了。只是,有时会产生一些坏念头……这,该怎么说呢。有时我会幻想另外一个我,幻想另外一种生活方式。如此一来,我就不理解了。感觉自己好像想说出不该说的话,想不该想的事。于是,我的心里怕得不行。这时候,我丈夫就成了我强大的支柱。我丈夫就像疼爱孩子一样疼爱我呢。"

"你是不是想说你好像很自负。那时的你肯定恨我,肯定非常恨我。"

园子连"恨"的语义都不明白。她做出一副温柔、认真的怄气状。

"随你怎么想。"

"我们两人能否再单独见一面呢?"我好像受到了什么的驱使似的哀求道,"一点儿也不做问心有愧的事。只要能见个面,我就心满意足了。我已经没有任何资格说话了。就算沉默也行,只有三十分钟也行。"

"见了面又怎样呢?见过一次后,你不会要求再见一次吗？我家婆婆管得很严，从去处到时间都要逐一盘问的。这样提心吊胆的见个面，万——……"她吞吞吐吐起来，"人心会怎样变化呢？谁也说不清楚。"

"是呀，谁也说不清楚。尽管如此，你也太煞有介事了。你为什么不能把事情想得更乐观呢？"我撒了个弥天大谎。

"……男人可以这样想，不过已经结婚的女人就不可以了。等你有了太太，你肯定就会明白了。我想不管对待哪种事物，只要采取谨慎的态度，不管怎么想都不为过呀。"

"这真像是大姐姐的说教呢。"

草野回来了，我们终止了谈话。

这样的对话正在进行的时候，我的内心感到无比困惑。我想和园子见面的心情是真挚的。很明显，连一丝肉体上的欲望都没有。希望见面的这种欲求是怎样的一种欲求呢？已经明确了没有肉欲的这种热情，难道不是自欺欺人的东西吗？就算它是真正的热情，也只不过是一缕可以压制的微弱的火焰，经过一番拨弄又可以重新燃烧起来，仅此而已吗？说到底，世上存在着完全脱离肉欲的恋爱吗？难道这不是明明白白地有悖常理吗？

不过，我又想，如果人的热情拥有立足于一切反理的力量，那就难以断言力量没有立足于热情本身的反理之上。

自从度过那个决定性的一夜以来，我在生活中巧妙地避开了女人。那一晚之后，别说能引发真正肉欲的 Ephebe 的嘴唇，就连一个女人的嘴唇也没有碰过。不接吻，反倒遇到非礼行为的场合下——夏天来了，它比春天还要威胁我的孤独。仲夏，鞭策着我肉欲的快马，燃烧肆虐我的肉体。为了自保，有时候一天需要重复五次恶习。

赫尔须菲尔特将倒错现象作为单纯的生物学现象而加以说明，他的学说为我启蒙。那决定性的一晚，也是自然的归属，并非什么可耻的归结。幻想中对 Ephebe 的嗜欲，反倒从未进行过 Pedicatio①，研究家证实它大体上具有同等程度的普遍性，或者将它固定在某种形式上。在德国人之中，像我这样冲动的并不少见。普拉滕②的日记就是最明显的例证。温克尔曼③也是这样。文艺复兴时期的意大利，米开朗琪罗显然是一个和我有着同样冲动的人。

然而，这种对科学的领会依旧没能解决我内心的生活。根据我的情况来看，倒错无法变成现实的东西，是因为它只不过是肉体的冲动，仅仅停留在徒然叫唤、徒然挣扎的一种黑暗的冲动。我只是停留在所喜爱的 Ephebe 被激起的肉欲上。用肤浅的见解来说，性灵依旧属于园子。"灵肉相克"这

---

① 拉丁语，男色。
② 普拉滕（1796—1835），德国诗人，他赞美男性之美，为同性恋所苦恼。
③ 温克尔曼（1717—1768），德国美学家、美术史家。代表作有《古代美术史》。

一中世纪风的图式,我不会轻易相信,不过是为了便于解释才这样讲的。在我看来,这两者的分裂既单纯又直接。园子就好像我渴望正常的爱、性灵之爱以及永恒之爱的化身。

但是,仅此一点问题也不能解决。感情不喜欢固定的秩序。它好像乙醚中的微粒子一样,喜欢自由自在地四处跳跃、浮动和颤抖。

一年之后,我们觉醒了。我顺利通过录用文官的考试,大学毕业后在一官厅担任事务官。这一年,我们有时像偶然似的,有时借故并不重要之事,每隔两三个月,总有好几次机会,利用白天的一两个小时,若无其事地见面,又若无其事地分开。仅此而已。我做出一副堂堂正正的样子,丝毫不怕被别人看到。园子除了提及某些往事的回忆和有分寸地揶揄目前各自的处境之类的话题,再没有谈及其他。所谓关系,自然不必说,好像连交情都算不上。我们就是这种程度的交往。每次见面的时候,我们也只想着如何干脆地告别。

仅仅这样,我也觉得心满意足。不仅如此,我还要面对着某种东西,感谢这断断续续的友谊的神秘与丰饶。我每天都思念园子,每次见面我总能享受到平静的幸福。幽会时微妙的紧张和纯洁的匀整遍及我生活的每个角落,它好像给我的生活带来了十分脆弱而极其透明的秩序。

一年之后,我们醒悟了。我们不再居住在儿童的房间,而是大人房间里的居住者。在这个地方,只要房门不能全扇打开，就必须立马修缮。我们的友谊，就如同开到一定程度再也无法打开的房门，迟早都要修缮的。不仅如此，大人不像孩子一样能忍受那种单调的游戏。我们所经历的几次幽会，只不过像是一沓整齐的纸牌，大小一样，厚薄一样，千篇一律。

在这样的关系中，我反而尝遍了只有我才能体会到的背德的喜悦。这是一种比社会上普通的道德更加玄妙的背德，巧妙的毒素般清洁的恶德。我的本性、我的第一义背德的结果，使得道德之举、问心无愧的男女之交、那种光明正大的步骤，以及品德高尚的人……这一切，反而凭借着所含的不道德之味，以真正的恶魔一样的味道，向我献媚。

我们互相伸出手来支撑着某种东西。那是什么东西呢？那是一种气体一样的物质，这东西你信则有，不信则无。支撑这样的东西的作业，看上去简单，实际上是精确计算的结果。我在这个空间，表现了人工的"正常性"，并引诱园子加入这种危险的作业之中，试图每一个瞬间支撑着几乎是架空的"爱"。她好像不明内情地协助这个阴谋。她不知道她的协助能够发挥作用。但是，随着时间的推移，园子隐约中察觉到这种无可名状的危险，察觉到和普通的危险全然不同的、具有一种精准密度的危险，觉察到一种难以摆脱的力量。

晚夏的一天，园子从高原避暑胜地回来了，我和她相约在一家叫作"金鸡"的西餐厅见面。刚见面,我就将自己辞去官厅工作的来龙去脉告诉了她。

"那你今后做何打算?"

"听天由命呗。"

"简直叫人吃惊。"

她没有深问下去。这已经成了我们之间的习惯。

园子的皮肤被高原的阳光照射之后,胸口周围早已没有耀眼的白皙。炎热的天气,使戒指上的那颗大珍珠看起来那样慵懒和暗淡。她的高声调原本就有哀切和疲倦交合的音乐旋律。这声音听起来很适合这个季节。

好一会儿,我们又继续着一场毫无意义的、总是兜圈子的、不认真的对话。可能因为天气炎热,有时这样的对话让人感觉十分空洞,好像在听别人交谈。这样的心情,就好像刚刚醒来,不想要这种愉快的梦消失,还想尽可能再次入梦,然而这样急躁的努力,反倒不可能将美梦唤回。我发现,这种明显切入的觉醒的不安,那如梦初醒般虚幻的愉快,这些东西像极了一种恶性病毒,侵蚀着我们的心灵。疾病,好像变成了同谋,差不多同时进入我们的内心。它反而使我们快活起来。我和园子互相被对方的话语所追赶,开起玩笑来。

园子梳起优雅的高发型,发型下稚气的眉宇、温柔明亮的眼睛、细腻温润的嘴唇,就算被太阳晒黑,或多或少搅乱

187

了它的平静，但一如既往地洋溢着文静的气质。餐厅的女客经过餐桌旁时，都十分关注她。服务员端着银盘来回穿梭，盘中有只冰雕天鹅，天鹅背上放着冰点心。她伸出带着耀眼的戒指的手，悄悄地打开了手提包的扣子。

"早就不耐烦了吧？"

"我不想听见这样的话。"

她的语气中有种不可思议的疲倦。就算将这样的疲倦称为"娇艳的"也没什么区别。她的视线向夏日窗外的大街上移去。接着，不慌不忙地说：

"有时我也无法理解自己。为什么要与你见面呢？尽管如此，我还是与你见面了。"

"因为这最起码不是没有意义的消极行为。肯定是没有意义的积极行为吧。"

"我已有丈夫。即使是没有意义的积极行为，也没有增加的余地了。"

"真是绕人的数学。"

我觉悟到，园子终于来到了困惑的门口。我感觉不可以放任不管那扇只能半开的门了。可能现在的这种严谨的敏感，已经占据了我和园子之间的共鸣的绝大部分。但我距离能使一切维持原状的年纪还远着呢。

尽管如此，我忽然感到这种态度的明证已经闯入到我的眼前：我的无法形容的不安已在不知不觉间传给了园子，或许只有这样不安的情绪才是我们之间唯一的共有物。园子也这样讲。我决计不去问她。可是，我的嘴却又轻浮地做出了回答。

"你觉得照这样下去会怎么样呢？你不觉得我们已经进退两难了吗？"

"我一向敬重你，我感觉不管对谁我都心安理得。朋友之间见个面，又有何妨呢？"

"就像你口中所讲的，过去的确是这样。你在我眼里一直是个正派人。但是，关于未来的事，我就不知道了。我根本一件亏心事都没做过，但是不知为什么，却常常做噩梦。每当这时，我就觉得神灵正在惩罚我未来的罪孽呢。"

"未来"这个词掷地有声的响声使我战栗。

"如此发展下去，我们早晚会沉浸在痛苦之中的。等到痛苦被酿成再采取措施，不就悔之晚矣了吗？我们现在所做的事情，难道不像在玩火吗？"

"你所说的玩火，指的是玩怎样的火呢？"

"各种各样的火呗。"

"可以列入玩火一类吗？我反而感觉像是在玩水呐。"

她没有笑。谈话间，她经常紧紧地闭上嘴巴，以至于都挤弯了。

"最近，我开始觉得自己是个可怕的女人。我只能将自己看作是一个精神肮脏的坏女人。除了丈夫，其他人的事，必须连做梦都不要去想。今年秋天，我决定接受洗礼。"

我透过园子半是自我陶醉的懒洋洋的自白，反而揣测到她循着女人特有的爱说反话的心理，道出了一种不该讲的无意识的欲求。对此，我既没有高兴的权利，也没有悲伤的资格。说起来，丝毫不嫉妒她丈夫的我，怎能动用、否定或肯定这种资格和权利呢？我无言以对。炎热的盛夏，我看着自己苍白而软弱无力的手，感到了绝望。

"你刚刚怎么了？"

"刚刚？"

她垂下眼帘。

"你刚刚在想关于谁的事呢？"

"……自然是在想我的丈夫。"

"那便没有接受洗礼的必要呀。"

"有必要……因为我十分害怕。我感觉自己动摇得厉害。"

"那么刚刚你怎么了？"

"刚刚？"

园子好像并非在向谁询问，抬起极其认真的视线。这眸子之美，世间罕见。这一双幽深的、一眨不眨的、宿命般的瞳眸，如同一股清泉，始终在歌唱着流露出的感情。面对这瞳眸，我总是失语。我猛地将刚抽的香烟戳进远处的烟灰缸之中。没想到居然打翻了细长的花瓶，水洒了一桌子。

服务员前来收拾洒了的水。看着浸水打皱的桌布被服员擦拭时,我们的心情糟透了。因此,我们获得一个提前离开餐厅的机会。夏天的街道浮躁而杂乱。一对对健康的情侣挺起胸膛,袒露着胳膊走了过去。我感觉受到所有人的侮辱,这种侮辱像夏天的骄阳一样烤着我。

再过半小时,我们就要分开了。很难说是因为分别而带来的痛苦。一种好像热情的灰暗的神经质的焦躁,使我生出想用油画颜料般浓重的颜料,将剩下的半个钟头涂抹掉。舞厅里的扩音器,将变调的伦巴舞曲撒满街道。我在舞场前面驻足停留,突然想起往日里曾读过的某些诗句:

……然而,即便如此,

这是永不停歇的舞蹈。

其他的都已不记得了。诚然,这是安德烈亚斯·萨乐美[①]的诗句。园子向我点点头,为了跳这半个小时的舞,她随我一起来到陌生的舞场。

舞场营业室的午休居然随意延长一两个小时,舞场全是继续跳舞的老搭档,十分混乱。一股热浪扑面而来。原本就不完善的通风设施,再加上落下的沉甸甸的帷幔,遮住了室外的阳光。整个舞场内充斥着令人窒息的炎热空气,翻动着灯光映射下雾一样的浑浊的灰尘。场内散发着汗臭味、廉价香水味和廉价发油味。旁若无人的跳舞客人,不言自明。我

---

[①] 安德烈亚斯·萨乐美(1861—1937),德国女作家。

后悔带园子来这样的地方了。

这个时候，我已经无法退出了。我们毫无心思地挤到舞群之中。稀稀疏疏的风扇，也没有送出几丝凉风。舞女和身穿夏威夷衬衣的年轻人，紧贴着满是汗水的额头跳舞。舞女的鼻翼变成紫黑色，白粉和汗珠混合在一起呈现粒状，像极了一个个的疙瘩。礼服的后背湿透了，比方才见到的桌布还要肮脏。我们没有跳多久，就已经大汗淋漓，汗水沿着胸口不断向下滴落。园子有些喘不过气来，频频娇喘。

我们想呼吸室外的空气，就从饰有不合季节的假花的拱门钻了出来，走到中院，在一张粗陋的椅子上坐下休息。这里虽然空气新鲜，但是阳光晒烫了的水泥地面直接将一股猛烈的热气投向背阴处的长椅上。嘴边沾着可口可乐的甜味。我感觉我所感受到的来自所有人的侮辱的痛苦，同样使园子沉默了。我难以忍受这种沉默的时间的推移，于是，将目光转向周围。

一个胖姑娘用手帕扇着胸脯，懒洋洋地靠着墙壁。爵士乐团演奏出仿佛压倒一切的轻快舞曲。中院之中，盆栽的枞树斜立在已经干裂的泥土上。背阴处的椅子上坐满了人，而向阳的椅子上却一个人都没有。

只有一堆人占据向阳的椅子，旁若无人地开心交谈着。那是两个姑娘和两个小伙子。其中一个姑娘用笨拙的手势，装模作样地将香烟叼在嘴边，每抽一口都会发出几声轻轻的咳嗽声。她们两人身上穿着有些奇怪的连衣裙，貌似是用浴衣缝制而成的，袒露出胳膊，好像渔夫女儿般发红的胳膊，每个地方都有蚊虫叮咬的痕迹。她们听了小伙子们无耻的玩笑，面面相觑，然后装模作样地笑起来。她们好像丝毫不在乎头顶上强烈的夏阳。其中一个小伙子穿着夏威夷衬衣，脸色略显惨白，模样看起来十分阴险。可是他的胳膊壮得很，猥琐的笑在他的嘴角时隐时现。他一次次用指尖戳姑娘的胸脯，逗得姑娘发笑。

我的目光被另外一个小伙子吸引。他大约二十二三岁，行为粗鲁，皮肤黝黑，五官端正。他赤裸着上身，重新把被汗水浸湿了的浅灰色白色腰封围在腹部上。他不停地参与到伙伴们的谈笑中，同时刻意地将围腰封的动作放慢。袒露的胸脯，肌肉高高隆起，结实又饱满。立体式的肌肉的深沟，从胸膛的中部一直延伸到腹部。侧腹的肌肉像极了粗绳扣呈现纽带状，从左右两边缩小翻卷起来。那光滑而富有灼热气质的身体被他用微脏的白腰围子紧紧地缠了好几圈。晒得黝黑的半裸的肩膀，仿佛涂了油般闪闪发亮。腋窝细缝露出来的一丛丛黑毛，在阳光的照耀之下，卷曲起来，闪耀着金色的光芒。

我看到这些，特别是看到那结实的胳膊上的牡丹图案的刺青时，就感到欲火中烧。我那强烈的注视，紧紧地定格在这副粗壮野蛮，又独一无二的健美肉体上。他在阳光下笑了起来。他抬头望向天时,露出他那隆起的粗大喉咙。我的心底出现了一阵莫名的悸动。我无法从他的身上移开我的目光。

我忘记了园子的存在。我心中只想着一件事:他半裸着身体走在盛夏的大街上,与流氓痞子们展开搏斗。锐利的匕首穿透那腰围子刺入他的胴体。鲜血把那微脏的腰围点缀得美丽无比。门板上放着他那浑身是血的尸体,接着又被抬到了这里面……

"只剩五分钟了。"

园子高昂哀切的声音穿透我的耳膜。我不可思议地回头向园子望去。

一瞬间,我心中有某种东西被残酷地撕成了两半,就如同树被雷电劈成了两半一样。我听见我一直竭尽全力构筑的建筑物凄惨地崩溃的声音。我好像看见某种恐怖的"不存在"取代我的存在的一瞬间。我闭上眼睛,顷刻间,我抓住了冻僵似的义务观念。

"只剩五分钟了吗。真后悔带你来这样的地方。你没有不高兴吧?这帮低俗家伙的无耻模样,不应该让你见到的呀。这个地方的舞场,简直太不讲仁义道德了。听说,舞场一再拒绝入场,他们还是要到这里来跳舞呢。"

不过,事实上看到的只有我自己。她根本没看。因为她所接受的教育就是:不该她看的东西她一定不会去看。她只是似看非看，最多是盯着为观看跳舞而汗如雨下的观众。

虽说如此，这舞场的空气似乎在不知不觉中使园子的内心发生了某种化学反应。不一会儿，只见她腼腆的嘴角露出了微笑，好像想尝试说些什么。可以说，这副模样荡漾着微笑的预兆般的东西。

"我想问你一个可笑的问题，你早已……了吧。你心里清楚的，早已自然指的就是那个啦。"

我心力交瘁。不过，心中还有一个发条一样的东西，刻不容缓地让我给出合情合理的回答。

"唔，你也听说了，遗憾得很。"

"什么时候？"

"去年春天。"

"对象是谁？"

这个优雅的提问使我吃惊不小。她考虑的只是那些和我交往，她所知道姓名的女人。

"名字不能讲。"

"是哪一位呢？"

"不要再问啦。"

大概是听出了我赤裸裸哀求腔调中的弦外之音，她马上出乎意料地沉默起来。为了不让她发现我苍白的脸色，我尽了我最大的努力。我们等待着离别的时刻。庸俗的慢四步舞曲再三纠缠着时间。我们在扩音器传来的伤感歌声中一动不动。

我和园子几乎同时看了看手表。

——到时间了。我起身时,又偷偷朝向阳的椅子方向瞥了一眼。那帮家伙大概是跳舞去了,空无一人的椅子放置在火辣辣的阳光下,桌上洒落的某种饮料,一闪一闪反射出刺眼的光亮。

1949 年 7 月